北上家の恋愛指南　長男編

可南さらさ

JN267455

幻冬舎ルチル文庫

CONTENTS ✦目次✦

北上家の恋愛指南　長男編

✦カバーデザイン＝久保宏夏（omochi design）
✦ブックデザイン＝まるか工房

イラスト・花小蒔朔衣✦

恋なんてしたくない

「北上《きたがみ》」

名を呼ばれ、雅春《まさはる》がパソコンのモニターから顔を上げると、カウンターの向こう側で見知った顔がひらひらと手を振っていた。

「川島《かわしま》先輩？　どうかされましたか？」

営業部でバリバリと働いている川島が、こんな時間に総務部までやってくるとは珍しい。

「忙しいところ悪いな。通勤手当の申請書って、たしかここでもらえるんだっけ？」

「ああ、はい。……こちらになります。あと、転居届けもいりますよね？」

いくつかの必要書類をトントンと揃えて川島へ差し出すと、川島は『ああ、そうだった。サンキュ、助かるわ』と頷《うなず》いた。

「北上。お前……相変わらず白くて綺麗《きれい》な手ぇしてんなぁ。こういうのを、白魚のような手っていうんだろな」

「ありがとうございます」

書類を手渡すついでに握られそうになる気配を察して、雅春がすっとその手を引きながらにっこり笑う。

隙のないその動きに川島は『やれやれ』と肩を竦《すく》めつつも、大人《おとな》しく書類だけを受け取った。

「先輩はたしか、先週には引っ越しされたんですよね。荷物はもう全部片付いたんですか？」

「いや、まだまだ。すぐに必要なもの以外は、そのままダンボールに入ってるよ。……そうだ。北上、お前今度の休みにうちへ遊びに来ないか？　それで一緒に片付けを手伝ってくれよ。お礼に、うまい飯でも奢《おご》るからさ」

「すみません。うちもまだ荷ほどきが全部は済んでないので、申し訳ないですけど遠慮させてください」

　三月の終わりに社員寮からマンションへ引っ越しをした川島同様、雅春のほうもつい先月、実家から会社の社員寮へと移ったばかりだ。

　正直に言えば、八畳一間しかない寮の片付けなどとっくに終わっていたが、雅春はにっこり笑って首を横に振った。

「ちぇ。つれないヤツだなー。そういうときは嘘《うそ》でも先輩を立てて、『是非《ぜひ》、手伝わせてください』とでも言っとけよ」

「可愛《かわい》げがなくて、すみません」

「いやいや。お前はそこにいるだけで十分に可愛いらしいけどな。……つーか、北上が今年からうちの寮に入るって分かってたら、俺もあのまま寮に残っていればよかったなぁ。一人暮らしはやっぱ寂しくてさ」

「先輩は入社して六年目になるんですし、どうせそろそろ寮からは出ないといけない時期だったんでしょう？　それに今度の引っ越し先は、隅田川沿いの素敵なマンションだって聞いてますけど？」

「あれ？　なんでお前がそのこと知ってんの？」

「受付の女の子たちから聞きました。引っ越し早々、派手にお披露目したらしいですね。よかったじゃないですか、遊びに来てくれる人がいて。おかげで引っ越し先でも、まったく寂しくなんてありませんよね？」

「あっちゃー。バレてたか」

雅春がつっこむと、川島はぺろっと舌を出して笑ってみせた。

こういう悪びれないところが、なんだか昔から憎めない人だよなと思う。

雅春と同じく、ここSCコーポレーションの営業部で働く川島は、同じ大学の出身である。といってもゼミで何度か顔を合わせた程度の仲だったが、同じ社に入ってきた雅春のことを後輩として気にかけてくれているのか、入社以来よく声をかけてくれるのだ。

川島はなかなかの男前だし、大手商社の営業マンとして評価も高いとなれば、モテないわけがない。

そのため女性関係はかなり派手だったが、それでも大きく揉《も》めた話を耳にしたことがないのは、このあっけらかんとした明るい性格のおかげだろう。

ときどき男の雅春のことまで冗談まじりに口説いてくるのはいただけなかったが、川島の場合、それもどうせ軽いノリだと分かっているからそう腹も立たないのだ。

「んじゃさ。その代わりに今夜、一杯どうだ？　たまには一緒に飲みに行かないか？」

「残念ながら今夜はもう先約が入ってるので、またの機会にお願いします」

　懲りずに誘いかけてきた男に、さらりと笑って首を振る。

「よく言うよ。お前、これまでだってまともにつきあってくれたためしなんか、ろくにないだろうが。たまにはこう、先輩とのつきあいも大事にしてだな……」

「引っ越したばかりで、まだ色々と慌ただしいんです。あ、……そんなことよりも、営業部さんからの先月の交通費、まだ提出されていませんでしたよ？　今週中に提出がないと、あとから請求されても通りませんので気を付けてくださいね」

　断りついでににっこりと笑って釘《くぎ》を刺すと、川島は『はーっ』と長い溜《た》め息を吐き出した。

「ほんっと北上は、いつもうっとりするような綺麗な微笑《ほほえ》みを浮かべながら、遠慮なくばさばさと切ってくれるよな……。マジで男泣かせっつーか」

「ちゃんとやることをやってくれさえいれば、文句はなにもありませんよ？」

「はいはい。分かりましたよ。あー……これ以上叱られる前に、俺もとっとと仕事へと戻ることにしますか」

　川島は『んじゃ、またな』と言うと、ひらひらと手を振りながら自分の課へと戻っていった。

　すぱっと断られても怒りもせず、ああしてあっさりと引くところも、川島がつきあいやすい理由の一つだろう。

……モテる男って、みんなああなんだろうか。

そう思った瞬間、ふと懐かしい男の横顔が脳裏を横切っていく。

（アイツも、たしかあんな感じだったよな…）

川島同様、いつも女の子の姿が周りから絶えなかった懐かしい彼も、雅春からなにを言われたところで怒りもせず、始終ゆったりと笑っていた。

……本当にモテる男というのは、そんなものなのかもしれない。

懐が広く、鷹揚《おうよう》で、なにごとにもガツガツしたりしない。

黙って座っているだけでも女性のほうが放って置かずに、誰かしらふらふらと寄ってくるから、ああも余裕に満ちていられるのだろう。

彼らのような男が誰か一人に夢中になって、必死で追いかけ回す姿なんて、とても想像がつかなかった。

彼女が欲しくてコンパや飲み会に躍起になっている世の男性陣からみれば、腹が立つことこの上ない話かもしれなかったが。

（でも……それもしょうがないよな）

そう思えるくらい、まだ高校生だった頃から彼は群を抜いてかっこよかった。

育ちの良さを窺《うかが》わせるような話し方も、立ち振る舞いも。全てがスマートで、一つ年下とは思えないくらい頼りがいがあった。

きっと今ではもっと立派になって、怖いくらい魅力的な男へと成長していることだろう。

そこまで思ってはっと我に返った雅春は、首を小さく振って懐かしい男の面影を頭の中から追い出すと、入力途中だったパソコンへと視線を戻した。

のんきにしている暇はない。

今は前期の決算前ということもあって、社内全体がかなりピリピリとしているのだ。このままいけば、今夜も確実に残業となってしまうだろう。

（……別に、それでもいいけどね）

部屋に帰ったところで、どうせ誰かが待っているわけでもない。

話す相手もおらず、一人きり、いつもどおりの虚《むな》しい夜があるだけだ。

だからこそ、この仕事の忙しさが今の雅春にとっては少しだけありがたかった。


「ただいま……」

玄関の鍵を開けると同時についそう呟《つぶや》いてしまうのは、もはや長年の癖だ。

実家にいた頃とは違い、『春兄、おかえりー』と笑って出迎えてくれる弟たちの明るい声は、ここにはないと分かっているのに。

部屋のスイッチをパチリと入れると、玄関から八畳一間のワンルームが全て見渡せてしまう。

シンと静まり返った殺風景な部屋の中で、溜め息まじりに靴を脱いだ雅春は、手にしていたレジ袋をテーブルへと置いた。

袋の中身は、閉店間近のスーパーで買い求めてきた総菜や豆腐などだ。

ご飯だけはまとめて炊いて冷凍してあるものの、他の食材は今ではほとんど冷蔵庫には入っていない。

唯一、切らさずに冷蔵庫に置いてあるのは、梅干しと味噌《みそ》ぐらいか。

その味噌を取り出してガス台に向かうと、雅春は乾燥わかめと買ってきた豆腐で、手早く味噌汁を作った。

チンした冷凍ご飯と、簡単な味噌汁と、買ってきた総菜のコロッケ。最近の雅春の夕食は、ほぼ毎日こんなものである。

(……この食卓を見たら、忍《しのぶ》君も祥《しょう》君も唖然《あぜん》とするかもね)

弟たち二人の顔を思い浮かべ、クスリと笑う。

実家にいた頃は、雅春が三食かかさずきっちり作って、弟たちに食べさせていた。

大事な成長期だし、面倒でもカップラーメンなんかで食事を済ませたりしないようにと、弟たちにはしつこいくらい言い聞かせてきたはずなのに。

　これまで知らなかったが、自分は結構ずぼらなタイプだったらしい。

　一人暮らしを始めた途端、食事すらろくに作らなくなるだなんて思ってもいなかった。

　学生時代から、いつも朝の五時前には起き出し、家族四人分の朝食と弁当まできっちりと用意して持たせていたのが嘘みたいだ。

　先月、雅春は長年住み慣れた実家を離れて、一人この社員寮へと入った。

　寮とはいっても部屋は独立しており、一階に大きな玄関と社員用の会議室がある他は、単身者向けのワンルームマンションとなにも変わらない。

　そのため休日に部屋から出なければ、丸一日、誰とも話をしないで終わってしまうこともよくあった。

　とはいえ引っ越してきた当初は、雅春だってちゃんと自炊していたのだ。

　だが実家にいた頃とは違い、一人分だけの料理を手際よく作るのは、ある意味とても難しいのだとすぐに思い知らされた。

　カレーを作れば三日先までカレーになるし、肉じゃがも同様だ。

　キャベツを一個買うとしばらくはなにかしら消費メニューを考えなければならなかったし、六枚切りの食パンを買えば、毎朝が食パンになる。バナナ一房は、食べ終える前に黒く変色した。

毎日、出汁《だし》を取って丁寧に作り続けてきたはずの味噌汁も、一人分だけの出汁を取るほうが面倒で、今では粉末タイプに切り替えてしまったぐらいだ。

『どうしてスーパーで売っているにんじんは、三本入りばかりなんだろう?』とか、『もやし一袋を一度に使い切るためのメニューは……』などと考えているうちに、仕事がだんだん忙しくなり、残業とともに外食が増えた。

使い切れぬまま冷蔵庫でしなびていく野菜たちを見ていたら、なんだか虚しくなってきてしまい、気が付けば雅春はほぼこの部屋ではなにも作らなくなっていた。

一人分だけ自炊するほうが、ある意味不経済で難しいだなんて、寮に入ってから初めて知ったことだ。

どれだけ美味《おい》しく見た目も素晴らしい料理を作ったところで、一人きりで食べる食事は、ひどく味気ないのだということも。

とはいえ牛丼屋のカウンターに、毎晩一人で座るような勇気はなかったし、飲み屋で同僚たちとわいわい騒ぎながら酒を飲むのも、雅春にはかなりハードルが高かった。

もともと雅春は、人とのつきあいがそう得意ではないのだ。

酒もあまり飲めないし、気の利いた冗談を言えるほうでもない。

川島からの再三の飲みの誘いを『先約があるので』と笑って躱《かわ》すのも、そうしたボロを出さないようにするのが、精一杯だからである。

学生時代から家の中を切り盛りするのに手一杯だった雅春は、部活に入ったこともなければ、放課後に友人たちと羽目を外して遊びに出かけたこともない。

放課後になるたび急いで教室を抜け出し、夕食のメニューを考えながらスーパーで買い物を済ませ、小学校から戻ってくる弟たちの帰りを待つ。

そんな毎日では、学校外で親しく遊べる友人もできなかった。

会社や寮に入ってからもそれは変わらずに、雅春がこの部屋に越してきてからというもの、部屋まで訪ねてきた人間はいまだ誰もいない。

恋人を作るつもりはもとよりないとはいえ、親しい友人の一人もいないことを思うと、自分の人生はなんてわびしいのだろうか……。

そんなことを思いながら溜め息を吐いた雅春は、そっと箸を手にとった。

「……いただきます」

たとえご飯がひどく味気なくても、食べなければ明日の活力にならない。

（……祥君たちも、そろそろ夕食を食べてる頃かな？）

冷めかけたコロッケに箸をいれつつ、ふと気付けばいつも家に残してきた弟たちのことばかり考えてしまう。

しっかりものの三男の忍がいるのだから大丈夫だとは思うが、どうにも天真爛漫《てんしんらんまん》なところのある次男の祥平《しょうへい》と、研究に夢中になりすぎる大学教授の父を思うと、ついそわそわとしてしまうのだ。

(忍君にばかり、迷惑を掛けていないといいけれど……)

自分が実家を出てしまったせいで、あの家の食生活が悲惨なことになってはいないかと、雅春にとってはそれが一番の気がかりだった。

あとで家に電話してみようか……そう思いかけたところで、小さく首を横に振る。

電話なら昨日もしたばかりだ。メールはほぼ毎日のように送っている。

——これだから、弟たちから『いい加減、弟離れしなよ』と言われてしまうのだろう。

弟二人は立派に成長し、今では無事高校生となった。それぞれが部活だ、試験だと忙しく飛び回りながら、青春を謳歌《おうか》しているらしい。

なのに自分だけがいつまでもそれに気付かず、子供の頃と同じように弟たちにべったりと貼り付いていたから、彼らにうっとうしがられてしまったのだろう。

三カ月ほど前の晩、雅春は弟二人から揃《そろ》って、『春兄ももう社会人なんだしさ。いい加減、俺たちの世話ばっかり焼いてないで、ここ出て独立したら?』と突然、言い渡されたのだ。

(あ…やば……)

あの夜のことを思い出すと、じわりと目の奥が痛んできて、また深く落ち込みそうになってしまう。

二人ともも子供ではないのだし、兄からいちいち干渉されたくないと思う気持ちは分からなくもなかったが、それでもこれまでずっと可愛がってきたはずの弟たちから、揃って『いい加減、弟離れしなよ』と言われたのは、さすがにショックだった。

なにより、彼らがもう自分のことなど必要としていないのだという事実を、見せつけられた気がして。

だがその場では激しく傷付いたことを伝えることはできず、雅春は『……そうだね。じゃあ、遠慮なくそうさせてもらおうかな』と、無理やり笑うしかできなかった。

そうして先月、ちょうど空きが出たという会社の独身寮へ、入ることに決めたのだが。

いきなりの環境変化に、雅春はいまだにあまり慣れずにいる。

すぐ弟たちの声を聞いたり、顔が見たいと思ってしまうのはそのせいだろう。

……さすがに、独立して一カ月ちょいでホームシックになってるとは言えず、まだ一度も実家に顔を出してはいないけれど。

そのとき、ふとピンポーンとチャイムの音が鳴り響いた。

(……こんな時間に、誰だろう?)

不思議に思いつつ玄関へと向かうと、『夜分、すみません』とどこか懐かしい感じのする、明るく穏やかな声が聞こえてきた。

「はい? どちら様ですか?」

「隣の202号室に、本日引っ越してきた者なんですけど…」

雅春の隣室は、入寮予定者が海外研修に出ているとかで、ずっと空き家だったのだ。そのためこれまで一度も顔を合わせたことはなかったが、どうやら律儀にもその人物が引っ越しの挨拶《あいさつ》に来てくれたらしい。

慌てて玄関の鍵を開ける。するとかなり背の高い男が、廊下の明かりの下でにこにこと笑いながら立っているのが見えた。

「こんばんは。お疲れのところお邪魔しちゃってすみません。……ああ。お隣って、やっぱり北上先輩だったんですね」

「……え?」

いきなり親しげに名を呼ばれて、面食らう。

「寮の表札を見たとき、もしかしてって思ったんですけど……。お久しぶりです。俺のこと覚えてませんか? 清秋《せいしゅう》高校で一緒だった……」

「……柴《しば》、田《た》?」

忘れるわけがなかった。

というよりも、今日も夕方にその懐かしい顔を思い返したばかりだ。

すらりとした体格に、耳に響く綺麗なバリトン。

『王子様』などというふざけたあだ名がぴったりとはまるほど、爽《さわ》やかに整った顔立ちをしていた男は、八年前と変わらず、今もひどく魅力的なオーラで人目を惹《ひ》いていた。

いや……あの頃よりもずっと男らしく、精悍《せいかん》になっただろうか。

切れ長の眼差《まなざ》しは以前よりもずっと鋭くなり、成熟した男の色気のようなものを感じさせたが、雅春が彼の名を口にした途端、ふわりとそれが優しくカーブを描くのが見えた。

その柔らかな懐しい笑みを目にした瞬間、なぜか雅春はどきりと心臓が激しく脈打つのを感じた。

同時になにやら熱いものが、胸の奥からじわりと溢《あふ》れそうになってきてしまう。

「よかった。思い出してくれましたか。そうです。柴田貴文《たかふみ》です」

「柴田……。なんでお前が……」

「え？　ああ、俺も同じ会社で働いてるんです。知りませんでした？」

柴田が同じ会社で働いていることは、雅春ももちろん知っていた。

というより、もともとSCコーポレーションは柴田の親族が経営する会社なのだ。

だが会社の規模はかなり大きく、世界のあちこちに支社がある。

なにより柴田は、現社長の三男坊だ。総務で働く一介の平社員でしかない雅春とは、そうそう顔を合わせる機会もないのだろうと思っていたのに。

「それで、今年から本社勤務になったんです。でも研修と引き継ぎに思ったより時間が掛かってしまって、なかなか日本に戻ってこられなくて。今日になって、ようやく引っ越しが終わりまして……」

「……でも、どうしてお前が寮に？」

しかもここは築三十年の、八畳一間の独身寮だ。社員にとっては都内なのに格安で借りられる物件でありがたい話だったが、社長の御曹司が好んで住むような部屋ではないだろう。

「え？　ここなら本社からも近いですし。それにアメリカの大学でもずっと寮生活でしたよ？　まぁ、ここほど狭くはなかったですけど……」

「そうじゃなくて……。柴田ならわざわざ狭い寮になんて入らなくても、マンションでもなんでも用意してもらえるんじゃ…？」

「いやいや、うちの親はそこまで甘くないですから。入社試験だって普通に受けましたし、今だって他の社員と同様、ぺーぺーとしてこき使われてますし。社長の息子なんて言っても、三男の扱いなんて雑なもんですよ。所詮《しょせん》は、長男の保険の保険ですからねぇ」

そんな風に茶化《ちゃか》しながら鷹揚に笑う姿は、相変わらずゆったりとしていた。

その懐かしい優しい笑みに、思わず目を奪われてしまう。

「そういえばたしか、先輩のところも三人兄弟でしたよね？　あの可愛らしい弟さんたちは、お元気ですか？」

「ああ……。うん。たぶん元気だと……思う」

「なんですか、その『たぶん』と『思う』っていうのは？」

「……俺も先月、この寮に入ってからは、まだ一度も実家には帰ってないから…」

呟くと、柴田は『へぇ』と目を見開いた。

いつも弟にべったりだった過去の雅春を知っている柴田としては、その変化に驚いたのだろう。

「ああ、そうだ。これ、引っ越し蕎麦《そば》代わりのお土産《みやげ》です。よかったらどうぞ」

そう言ってずいと差し出された紙袋には、雅春でもよく知る老舗《しにせ》の和菓子店の名前が、刻まれていた。

「……もしかして、これって芋ようかん？」

「そうです。先輩、たしかこういうのお好きでしたよね？」

そんなことまでまさか覚えていたとは思わずに、一瞬、目を見開く。

クリームのたっぷりのった洋菓子より、あっさりめの和菓子。

中でも特に、芋ようかんに雅春は目がなかった。

「お前だって好きだっただろ…」

「ああ、覚えてましたか。……もちろん自分の分も、ちゃんと別に用意してあります」

言いながらにこっと快活に笑ってみせた柴田は、かつて高校生だった頃の彼を思い起こさせた。

「柴田のほうこそ。……俺の名前なんて、よく覚えてたよね」

「ええ？　それはちょっとひどくないですか？　名前くらいちゃんと覚えてますって。……あ、それとももしかして、先輩には俺がそれだけ薄情な男に見えてたってことですかね？」

「ち、ちがっ……、そういうわけじゃなくて……」

慌てて否定すると、柴田は目を細めて笑った。

その悪戯《いたずら》っぽい微笑みを目にして、ようやくからかわれたのだということに気付く。

いつも目を細めて楽しげに笑う、快活な後輩。

魅力的な容姿はもちろんのこと、育ちも性格もいい彼の周りには、いつも人が絶えず集まっていた。中でも女の子たちからの人気は絶大で、つきあう相手に事欠かなかったことも知っている。

そんな中、ほんの少しの間しか一緒にいなかったはずの自分のことを、彼が少しでも覚えていてくれたという事実に、ささやかな喜びを覚えた。

「そうじゃなくても、先輩のことはアメリカに行ってからもよく思い出してましたよ。まさか……こんなところで偶然、再会するとは思ってもみませんでしたけど」

「え……？」

言いながら、再び邪気のない笑顔でにこっと微笑まれて、胸がまた奇妙な感じにざわりと波だつ。

（———今のって……どういう意味、なんだろう？）

まさか柴田が雅春のことを、そんな風に思い出してくれていただなんて、考えたこともなかった。

雅春のほうはこの八年、ことあるごとによく柴田のことを思い出していたけれど。それは柴田が雅春にとって、生涯の中でただ一人きり、恋人として一緒の時間を過ごしたことのある相手だったからだ。

とはいえそれはたった二カ月ほどの短い間で、しかも……本当の意味では恋人同士ではなかったけれど。

南校舎の四階にある図書室は、高校生だった頃の雅春にとって、唯一心落ち着ける場所だった。

カウンターの中で図書委員の仕事をしていると、校舎のあちこちから生徒たちのざわめきや、楽しそうな笑い声が聞こえてくる。

それを聞きながら、勉強したり、静かに読書をする時間が心地よかった。

家に帰れば家事や弟たちの世話で慌ただしく、ゆっくり本を読む時間もない毎日。弟たちのことは可愛いと思っているし、世話をするのも気にならなかったが、それでも時には静かな時間に浸りたくもなるのだ。

その日の昼休みも、雅春はカウンターの中で返却されてきた本を分別しながら、一人静かな時間を楽しんでいた。

チェックの済んだ本から棚へ戻していこうとして、カウンターからふと顔を上げたとき、雅春はぎくりと身を竦ませた。

（……いつから、あそこにいたんだろう？）

図書室の入り口付近で立ち尽くしたまま、こっちをじっと見つめていた男には見覚えがあった。

確か……隣のクラスの生徒で、バレー部のキャプテンだったはずだ。

短めに刈り込んだ髪に、がっしりとした長身。いかにもスポーツマンといった雰囲気だが、こちらを見つめてくる視線だけはじっとりと重く、それが息苦しい。

ここ最近、強い視線を感じて振り向くと彼と視線が合うことがよくあったが、雅春はわざとそれには気付かないフリをしてきた。

このときも雅春はすいと視線を外すと、返却用の本を手に奥の棚へと向かって歩き出した。

シンとした図書室には、サッカーをしているらしい生徒たちのかけ声や、ブラスバンド部の練習音が響いてくる。

だがいつもなら心落ち着くはずのその適度な静けさが、今だけはなんだかものすごく重たく感じられて、仕方がなかった。

（……だいたい、どうして今日に限って他に誰もいないんだろう？）

本来なら図書当番は雅春の他にもう一人いるのだが、今日は風邪で早退すると言ってきたため、カウンターに座っていたのは雅春一人だ。

しかも図書室が四階の校舎の端にあるということもあって、テスト期間前でもなければ、わざわざ昼休みに図書室まで訪れる生徒の数は少ない。

おかげで今、図書室の中にいるのは雅春とバレー部の彼だけだ。

そのことに気が塞《ふさ》ぐのを感じながらも、雅春は努めて平静な顔をしたまま、本を棚へと戻していった。

だがそうしていても、無言でこちらを見つめてくる男の視線が妙に熱っぽく感じられて、居たたまれなくなる。

自意識過剰かもしれなかったが、首の後ろがチリチリするようなあの視線には、なんとなく嫌な覚えがあった。

「北上」

「……っ⁉」

角を曲がったところでふいに声をかけられ、雅春は飛び上がるほど驚いた。

知らぬ間に、すぐ側《そば》まで男が移動してきていたらしい。

「よかったら手伝おうか？　本、片付けてるんだろ？」

「……あ、りがとう。……でも、一人で大丈夫だから」

さすがにバレー部のキャプテンだけあって上背のある男は、雅春と並んで立つだけでかなりの威圧感がある。

思わず雅春が一歩下がると、男はなぜかずいと前に出て、その距離を縮めてきた。

「あのな、北上。俺さ、お前に話があって……」

「あ……ごめん。担任から呼び出されてたのを忘れてた。……悪いけど、今日はもう閉めさせてもらってもいいかな？　……もし借りたい本とかあるなら、放課後に出直してくれたら……」

言いながら、そそくさと貸し出しカウンターへと向かう。

だが男の脇を通り抜けようとした瞬間、手首をいきなりぐっと掴《つか》まれて、雅春はその身を強《こわ》ばらせた。

熱っぽい男の手のひらの感覚に、ざわざわとした悪寒が広がっていくのを感じる。

慌てて手を引いてはみたものの、男の力は強くて離れない。それどころかまるで逃がすまいとでもするかのように、ますますきつく握りしめられてしまう。

「北上…」

目の前にぬっと立ちはだかった大きな体軀《たいく》に、ぞっとするような不安を覚えた。

雅春も高校生男子としては平均的だと思うが、いかんせん全体的に線が細く、どれだけ食べても太れない。これは昔からそうだから、もはや体質的なものなのだろう。

そのせいもあってか、昔から妙に体格のいい人間に側に寄られると、本能的に逃げ出したくなるのだ。

「……手を、……離して欲しいんだけど…」

「ちょっと待てよ。話があるって言ってんだろ?」

ぶすっとした顔でそう言われても、雅春のほうには話したいことなどなにもない。できることなら今すぐここから逃げ出したかったが、どこか思い詰めたような目をした相手からは、簡単に逃げられるとも思えなかった。

仕方なく『落ち着け』と、自分に強く言い聞かせる。

「ごめん。あの……今はちょっと。また、今度にしてもらえないかな…」

雅春の手首を摑む男の手が、じっとりと汗ばんでいるのが伝わってくる。

(……気持ち悪い)

雅春はもともと他人に触れられるのが、得意ではない。

とくに見知らぬ他人との接触は、ときにぞっとするほどの悪寒を覚えた。

心臓が嫌な感じにばくばくと音を立て始め、手のひらが冷たくなっていく。

「そんなに時間は取らせないから」

(――やめてくれ。なにも聞きたくないのに)

だがそんな雅春の心の叫びを無視するかのように、男は握りしめた手にぎゅっと力を込めてきた。

「好きなんだよ」

「……っ」

「俺さ、ずっと、その……北上のことが好きだったんだよな」

一息にそう呟かれた瞬間、ぎゅっと強く唇を噛《か》み締める。

すぅっと全身から血の気が下がっていくようだ。

(これ以上は、なにも聞きたくない……)

だが青ざめた顔の雅春がなにか口を開きかける前に、男は慌ててその先を遮った。

「こんなこといきなり言われても驚いたよな？　でもさ、できたらチャンスをくれよ。少しでいいから、俺のことを考えてみて欲しくてさ。……一年の頃から、お前のこと見るたび、ずっといいなって思ってたんだぜ？　お前、男のくせにすげー美人だし、優しそうだし。肌とかも白くて、手とかも綺麗で、そういうの全部なんかいいな、好きだなって……」

繰り返される『好き』という単語に、ぞっとした。

――なぜ、誰も彼もがそんな言葉を軽々しく口にしたりできるんだろう？

まるでそれが、免罪符だとでもいうように。

一方的に押しつけられる好意なんて、ただの吐き気しか覚えないのに。

(どうしよう……本気で気持ちが悪くなってきた)

摑まれた手首から、全身に怖気《おぞけ》が走っていく。

カタカタと小刻みに震え出した指先がひどく冷たい。

「今年で、もう俺たち卒業だしさ。結局、三年間、一度も同じクラスにはなれなかっただろ?

せめて、もうちょっと知り合う時間をもらえたらと思って…」

どう知り合ったところで、答えはノーだ。

雅春には男とつきあう趣味などないし、そもそも恋愛自体をしたいと思ったことがない。

それどころか、一番避けたい感情だと思っているのに。

なのに——なぜだろう?

昔から雅春は、同性からこの手の感情を向けられることが少なくなかった。

だからこそ、外では必要以上に目立ったり、誰かと深く関わったりしないよう、ずっと気を付けていたはずなのに。

「ごめん。あの、俺……そういうのは、ちょっと。それに本当にもう行かないといけないから…」

「ちょ……おい、待てって。北上!」

雅春が無理やり手首をふりほどくと、男は焦ったように今度はその大きな手のひらで、雅春の肩をぐっと摑んできた。

しかも背後の本棚に押しつけるようにして身体《からだ》を押さえ込まれ、衝撃に一瞬、息が止まりそうになる。

「逃げんなよ！」

「…やめ…っ」

「あのー？　星座関係の本って、どこに置いてありますか？」

そのとき、場違いなほどのんきな声が図書室内に響いた。

ぎくっとして顔を向けると、カウンターの前にはすらりと背の高い、制服姿の男が立っていた。

どうやら他の生徒が、本を借りに来ていたらしい。

その人物には見覚えがあった。たしか、以前にも何度か図書室で目にした気がする。

校章の色から見て二年生だろう。突然現れた救世主に、雅春はほっと息を吐き出すと、

『……今、行きますから』と慌てて男の側から離れた。

「おい、まだ話は済んでないって…っ」

苛《いら》ついた男が、一緒になってカウンターまで追いかけてくる。

だが再びその手に捕まりそうになったとき、なぜかそこにいた背の高い後輩が、すっと雅春と男の間に立ち塞がった。

「いい加減、そのあたりにしておいたほうがいいんじゃないですか？　無理強いしても仕方ないでしょ？」

のほほんとした柔らかな声の後輩とは対照的に、行く手を遮られたバレー部の男はカッとして、大きく声を荒らげた。

「お前…っ！　なんなんだよ！　二年のくせに、いきなり人の会話に口を挟んでくんじゃ……」

「だってこっちの先輩、パニックを起こしてすっかり怯《おび》えちゃってんじゃないですか。先輩だって、別にこの人から嫌われたいわけじゃないんでしょう？」

言われてぎくりとした男が、慌てて雅春のほうを見た。

すっかり血の気の失《う》せた雅春の顔色を見て、どうやら自分が焦って追い詰めすぎたと気付いたらしい。

男は気まずそうにちっと舌打ちすると、『……話の続きは、また今度な』と言って、そそくさと図書室を出ていった。

彼の姿が視界から消えた瞬間、腹の底からほうっと大きな溜め息が零《こぼ》れ出す。

その拍子に震えていた手から、本がどさどさっと床へと滑り落ちてしまった。

「あ……」

慌てて雅春が本を拾うと、同じようにすっと床にかがみ込んだ二年の男が、残りの本を拾いあげてくれた。

　ぽんぽんと表紙についたごみを丁寧に払ったあと、『どうぞ』と本を手渡してくれたその手のひらは、とても大きかった。

「……ありがとう」

「いえ。それで、星座関係の本ってどこに置いてますか？」

「あ……ああ、そっか。ちょっと待って」

　どうやら彼が声をかけてきたのは、雅春を助けるためだけの口実ではなかったらしい。

「ええと。ここから、あのあたりまでがそうなんだけど……」

　自然科学の本棚まで導くと、ゆっくりとした足取りで雅春のあとをついてきた彼は、棚の一番上に並んでいた本を、踏み台も使わずに軽々と手にとった。

「ありがとうございます」

「……こっちこそ。……さっきはありがとう」

　雅春が深く頭を下げると、男は一瞬なんのことかと考え込んだあとで、『ああ』と、その目をふっと細めた。

　その途端、整いすぎて隙がなく見えた彼の雰囲気が、人懐っこい印象にガラリと変わった。

　柔らかな笑みがよく似合う、上品な顔立ち。それを目にした瞬間、『あ…』と、誰だか思い至った。

――分かった。彼が、『編入生の王子様』だ。

どうりで見覚えがあったはずだ。たしか名前は……柴田とかいっただろうか？

「余計なお世話かなとは思ったんですけど、なんか先輩、真っ青な顔してたでしょう。もしお邪魔だったらすみません」

「そんな……邪魔なんてことないよ。本当に……すごく助かったし……」

彼が声をかけてくれたおかげで窮地を救われたのだ。もし雅春一人だったら、うまくあの場を切り抜けられたかどうか。

「そうですか。ならよかった」

再びにこっと笑いかけられ、その柔らかな笑みにどきっとした。

同じ男と分かっていても、思わず見とれてしまいそうになるくらい、爽やかに凛々《りり》しく整った顔立ち。

（……なんか、聖女《せいじょ》の女の子たちがきゃーきゃー言うのも、分かる気がする）

昨年、雅春たちのいる清秋高校へと編入してきた彼は、編入当初から注目の的だった。特に隣町にあるお嬢様学校では、絶大な人気を誇っているらしい。

どこかの会社の御曹司で、本人は帰国子女なのだとか。スマートな立ち振る舞いは海外育ちのせいだとか。

そうじゃなくても、この見た目だ。

困っている人間がいれば、それが見ず知らずの相手であっても今のようにさらりと助けてくれるあたり、どうやら性格も十分によくできた人物らしかった。

まさに、恵まれたサラブレッドみたいな男だ。

そんな彼に多少のやっかみも込めてか、気が付けば『編入生の王子様』だなんてたいそうなあだ名を付けられたらしいが、本人はその呼び名に負けないくらい、堂々として見えた。

「ただ、あれだけで引き下がってくれるとはとても思えないですけどね」

「……え？」

「帰り際も、未練たらたらだったじゃないですか。もし先輩にその気がないなら、逃げ回っていないで、きっぱり撥《は》ね付けたほうがよかったんじゃないですか？　ああいうしつこそうな相手にまで遠慮してると、ますますつけ込まれますよ？」

耳に痛い忠告に、思わず俯《うつむ》く。

それができるのなら、苦労はしていない。

「……分かってはいるんだけど。なんだかうまい言葉が見つからなくて…」

「人を振るときに、傷つけないで済む言葉なんてあると思いますか？　ただきっぱり『ごめんなさい』、それだけでいいと思いますけど」

ぱらぱらと手の中の本を開きながらの忠告に、少しだけムッとする。

窮地を救ってくれたのはありがたいが、事情も知らずにそんなことを言われたくなかった。

『編入生の王子様』の噂《うわさ》なら、これまでに雅春も色々と耳にしている。清秋高校が男子校であるにもかかわらず、彼目当ての女の子たちが校門前でよく集まっているだとか。

登下校の途中で、どこぞの女子大生から告白されていただとか。

最近の噂はたしか、彼が年上のミス聖女とつきあいだしたとか、そんな話だったはずだ。

「……さすがにモテ慣れてる王子様は、言うことが違うよね。俺だって『ごめん』だけで済むのなら、とっくにそうしてるよ」

そう言い返してから、すぐに後悔した。

（……せっかく助けてもらったのに）

苛立ち紛れに思わず当てこするようなことを言ってしまった自分が、ひどく恥ずかしくなってくる。

「ごめん。こんなことを言うつもりじゃ…」

慌てて頭を下げると、それに目をぱちくりとさせた柴田は、次の瞬間、いきなりずいと顔を覗《のぞ》き込んできた。

「な…なに？」

「いや……言われてみれば、なるほどなーと思って。先輩って男の割に、たしかに目を引く綺麗な顔立ちしてますもんね」

「は……？」

いきなりなにを言うのかと、一瞬呆気《あっけ》にとられてしまう。だがすぐに胸の中にほの暗い感情がじわじわと広がっていくのを感じて、雅春はその口元を歪《ゆが》めた。

「……どうせ、女みたいだって言いたいんだろ？」

似たような陰口なら、これまでにもさんざん言われてきた。

奔放で、無邪気で、無責任で。男にだらしがなかったあの母に、よく似た面差し。

下の弟たち二人もどこかしら彼女と似ている部分があったが、長男である雅春が一番、彼女に似ていると子供の頃から言われ続けてきたのだ。

口元の横にぽつりとついた小さなホクロの位置まで、あの母とそっくりらしい。

父方の親戚に会うたびに、『雅春、お前。日に日にあのだらしのない女にそっくりになるね』と苦々しくぼやかれたものだ。

年の近い従兄弟《いとこ》にまで、『お前もそのうち、男をたぶらかすようになるんじゃないのか？』と、さんざんからかわれたことも忘れていない。

そこにただ黙って座っているだけでも、妙な艶《つや》っぽさがあると評判だった母。その色香に迷ってふらふらと道を踏み外した男は、数知れないとも聞いている。

そんな彼女と面差しが似ているせいで、自分まで色眼鏡《いろめがね》で見られてしまうことがあるのは、これまでの経験からもよく分かっていた。

……この後輩も、どうやら同じように感じたらしい。

少しがっかりした気分で自嘲《じちょう》気味に俯くと、彼は不思議そうな顔で『え？』と目を瞬《またた》かせた。

「いや、別に女みたいだなんて思いませんけど。むしろ男だからこそ、凛《りん》とした感じがいいなと思いますし。ただ男でもこれだけ綺麗だと、色々と大変なんだろうなーとは思いましたけどね」

「……え？」

一瞬、バカにされているのだろうかと思ったが――どうやら違うらしい。

しみじみとした呟きやその視線の中には、こちらを嘲《あざけ》るような色はまったくなくて、彼が本気でそう思っているのだということが、ちゃんと伝わってきた。

別に綺麗だと言われたのは、これが初めてではない。

だが面と向かって、なんの気負いもなくしみじみと言われたのはさすがに初めてで、雅春はぽかんとしたまま目の前の男の顔を見つめた。

かぁぁと音を立てて、首筋から耳朶《みみたぶ》まで真っ赤に染まっていくのを感じる。

（――じ、自分のほうこそ、王子様だなんだと騒がれるほど整った顔してるくせに、なに言ってるんだか…）

「たしかにああいう野郎が相手じゃ、断ってもしつこくしてくるヤツも結構いそうですよね。

『きっぱり断ればいい』なんて、軽く言っちゃってすみません」

しかも謝られてしまい、その素直さにこちらこそ面食らう。

「え、ううん。……俺こそ、せっかく助けてもらったのに変なこと言っちゃって、本当にごめんね…」

「はは。気にしすぎですって。別にそんなのはいいですけど……。もしかして、これまでにもこういうことってあったんですか？」

言い当てられて、ぐっと唇を噛み締める。

あまり口にしたくはなかったが、助けたばかりの相手から当てこするような嫌みを言われてしまったのだから、彼には聞く権利があるだろう。

「前に……知らない上級生から告白されたとき、その場ですぐに断ったら『ちょっとツラがいいからっていい気になってんじゃねーぞ』ってものすごい怒られて、しばらく逆恨みされたことがあって…」

「ああ、なるほど…」

「こっちこそ、こんなツラの皮一枚のことで……好きだとか、そういうふざけたことは言われたくないんだけどね」

「はは。ツラの皮一枚の話って。先輩の綺麗な顔でそういうこと言われると、なんかちょっとドキっとしますよね」

暗くなりがちな話を、柴田が茶化すように笑ってくれたことにホッとした。

「……お前こそ、よく言うよ」

そんな人目を惹く容姿をしていて、悠々とした態度で。

「それに今はちょうど高校最後の夏休み前だからか、なんか変なヤツも多いみたいで……」

「ああ。最後の夏休みの思い出として、つきあって欲しいってヤツですか？」

言い当てられて、こくりと小さく頷く。

思い詰めたような顔で告白されたのは、実はこれが初めてじゃない。しかも男子校のせいか、告白してきた相手は男ばかりというありがたくもないオマケ付きだ。

そのため最近はなるべく一人きりにならないよう雅春も気を付けていたのだが、今日はイレギュラーだった。

柴田の言うとおり、バレー部のキャプテンは雅春を口説くことを諦めていない様子だったし、しばらくは隙をつくらないように気を配らないといけないだろう。

雅春には誰ともつきあう気なんて一ミリもないのだと、どうしたら分かってもらえるのか……。

思わず重苦しい溜め息をふっと吐き出すと、柴田は不思議そうに目を瞬かせた。

「そんなに困っているならいっそしばらくの間、他に恋人でも作ってみたらどうですか？」

「無理だよ。いきなりそんな相手、みつかるわけもないし」

恋人候補がいつでも列を成して待っている王子様とは、わけが違うのだ。

一般人に無理を言うなと肩を竦める。

「別に、本当の恋人じゃなくてもいいんですよ。ただの見せかけでも。たとえば友達に頼んで、しばらくの間、それっぽくガードしてもらうとか」

「……それも無理。頼めるような相手もいないから」

第一、雅春はそこまで親しい友人がいない。

クラスメイトや、図書委員の仲間たちと当たり障りのない話ならすることはあるが、それだけだ。

この学校でここまでぶっちゃけた話をしたのは、実は柴田が初めてだった。

「そうなんですか? 先輩が頼めば、喜んで偽装彼氏でもなんでもやってくれそうな相手は、たくさんいそうですけどね」

「……そんなことして、もし本気になられたりしたらどうするんだよ?」

「ああ……もしかして、それも過去にあったんですね」

「……」

妙に察しのいい後輩に、肯定交じりに小さく溜め息を吐《つ》く。

あれは中学に入ってすぐの話だ。今よりもずっと身体が小さく、どちらかというと可憐という言葉が似合っていた雅春は、タチの悪い上級生から目をつけられた。

しつこく追い回されて辟易《へきえき》していたとき、雅春の事情を知った気のいいクラスメイトの一人が、ガード代わりに一緒にいてくれることになったのだ。学校の行き帰りはもちろん、昼休みも、放課後も。

それまで母親のことで、近所や親戚からも白い目で見られることが多く、親しい友達の一人もいなかった雅春にとって、彼は生まれて初めてできた親友のような存在だった。

普通の友達同士みたいに、くだらないことで笑ったり、待ち合わせて帰ったり。そんなことが楽しくて楽しくて、あの頃の雅春はよく笑っていたと思う。

だが、そうした穏やかな時間も長くは続かなかった。

ある日、その友人からひどく真剣な顔つきで『好きだ』と告白されたのだ。

それには本気で驚いたものの、雅春は誰とも恋愛する気はなかったために、すぐに『……ごめん』と断ったのだけれど。

『いや。こっちこそいきなり変なこと言って悪かったな。できればこのことは気にしないで、これからも北上の一番の親友でいさせてくれ』と苦い顔で笑っていた友人は、それからなぜか雅春を監視するような行動を取るようになった。

雅春が他のクラスメイトとちょっと笑って話をしているだけで、『一番の親友は俺のはずだろ。他のヤツにまで媚《こ》びるような真似《まね》するなよ』と、なにかにつけ嫌みを言われるようにもなった。

今から思えば、もしかしたら彼なりに、雅春のことを守ろうとしてくれていたのかもしれない。

だがその友人以外とは誰とも会話すらできないような窮屈な関係は、正直苦しかった。クラスメイトの冗談にちょっと笑っただけで、『媚びてる』などと言われるのも。

そんな雅春の気持ちの変化は相手にも伝わっていたのだろう。一緒にいてもあまり笑わなくなった雅春に、友人はだんだん苛つきを隠さなくなった。

自分の思いどおりにならない雅春に言葉や態度で当たることが増えていき……最終的には彼のほうが、思いきり切れてしまった。

それで終わった。気のおけない友人だったはずの、彼との友達としての関係も。

あれ以来、雅春は『人を狂わす恋愛なんて、本気でバカげてる』とますます強く思うようになったし、特別に誰か一人とだけ親しくすることもやめてしまった。

詳しい説明はしなかったものの、雅春の言葉や表情からなんとなく事情を察したのか、柴田はしばらくの間、手にしていた本の表紙をトントンと指先で叩《たた》いた。

「じゃあ……よければですけど。俺が代わりにそれ、立候補しましょうか？」

「え？」

「自分で言うのもなんですけど、結構お買い得だとは思うんですけどね。見てのとおりガタイはそれなりにいいほうですし。まぁ、側に置いとけば、案山子《かかし》代わりくらいにはなるんじゃないかと」

突然の提案の意味が、よく分からなかった。

「だってさっきのあの人、どう見てもそう簡単には諦めてくれそうにもないでしょ。『またあとで』とか言ってましたしね」

（……そんなことをして、柴田には一体何のメリットがあるんだろう？）

第一、彼女がいると聞いているのに。

「でも……、たしか君、ミス聖女とつきあってるって……」

思わず呟くと、柴田は『ああ、なんだ。知ってましたか』と頷き、あっさりと衝撃の事実を口にした。

「もう別れました。一週間前に。というか、俺が振られたんですけどね」

正直、驚いた。誰もが羨《うらや》む王子様を振る女の子もいるのか。

「君みたいな人でも……振られたりするんだね…」

思わず呟いてしまったあとで、人の傷痕《きずあと》に塩を塗るようなことを言ってしまったとハッと気付いて、慌てて『ごめん』と謝る。

だがそんな雅春に、柴田は目を細めて、ふっと笑った。

「別にそれくらいいいですよ。……っていうか先輩、なんかさっきから俺に謝ってばっかですよね。ほんと、人がよすぎるっていうか…。実は俺、九月からの留学が決まってるんですよ。今度の夏休みが終わり次第、アメリカへ行くことになってて」

「そう、なんだ…？」

「ええ。で、それを彼女に伝えたら『私のこと本当に好きなら行かないで』って泣かれちゃいまして。でもそれって、すごいおかしな話ですよね？　自分の進路なのに、誰かのご機嫌とりのために、やりたいことをやれないなんて。そんなの自分らしくもないですし、仕方ないので『それは無理』って即答したら、バチーンって容赦のない平手が飛んできましたよ」

（この顔を殴ったのか……）

ある意味すごいなと思って至近距離からまじまじ見上げると、なぜか柴田は目を瞬かせ、それから再びふっと目を細めた。

その途端、少しきつめの目元が和らいで、人懐こい笑みが顔を覗かせる。それにまたドキリとした。

「そんなわけなので、俺としてもカモフラージュにちょうどいいというか。……どうせつきあってもすぐに別れることになると分かってるのに、夏休みの間だけ、新しい彼女を作るのも面倒ですし。相手にも悪いですしね」

傲慢《ごうまん》ともとれる台詞《せりふ》をあまりにも柴田がさらりと言うので、雅春は目を見開くと同時に小さく笑ってしまった。

たった数カ月の間ですら、自分がフリーになることなどあり得ないとでも言いたげな、自信に満ちた台詞。なのになぜだか不思議と嫌みを感じなかった。

きっと彼ならばそのとおりなんだろうなと、どこかで納得しているからだろうか。

「夏休み中には先輩とも別れたことにしておしまいにすれば、後腐れもなくていいでしょう？」

「……あの、その前に。俺たち一応、男同士なんだけど？」

「今さらうちの学校で、誰がそんなの気にするんです？　だいたい先輩、これまでどれだけの男から告白されたんですか？」

「そ…れは、そうだけど…」

とはいえ、互いに今日初めて話をしたばかりの相手だ。

いきなりそんなに都合のいい話、信用できるはずもない。

「でも君は……かなりの女好きだって聞いてるんだけど…？」

「あはは。いったいどんな噂話を聞いたんですか？　たしかに彼女はそれなりにいましたけど、別に普通ですよ。二股とかは、主義に反するので絶対しませんしね。それに……もしそんな噂があるなら、ちょうどいいじゃないですか。たとえ男でも、先輩だけは特別枠っていうのも、なんだかちょっと本気っぽくて」

「……そういう問題？　……っていうか、自分の評判はどうでもいいわけ？」

こちらが心配しているというのに、あっさりとした顔で柴田は笑って頷いた。

「すでにもう、さんざん好き勝手言われてますしね。ボンボン育ちの王子様だの、女好きの編入生だの。……ああ、それとももしかして先輩が心配してるのは、俺まで先輩に本気になったらどうしようとか、そういうことですか？」

「そ…んなことは、別に考えてないけど…」

「一応、言っときますけど。俺は性的には完全なノーマルなんで、そういう意味では男にはまったく興味がないですよ？　たしかに彼女と別れたばかりですけど、もし遊び相手が欲しかったら、相手に不自由もしないですし」

強がりや見栄《みえ》ではなく、本当にそうなのだろうなと分かるさらりとした口調に、ふっと雅春は肩から力が抜けていくのを感じた。

(柴田なら、きっとそうなんだろうな……)

黙っていても、男女問わず周りに人が寄ってくるタイプだ。それは彼が持つ独自の雰囲気のせいもあるだろう。

柴田には変にガツガツとしたところがないというか、気負いのないゆったりとした雰囲気があって、まるで高校生らしくなかった。

初めて会ったはずの雅春でさえ、彼と会話をしているとリラックスして、不思議と楽しい気分になっている。度重なる雅春の失言ですら笑って許せる鷹揚さに加えて、この容姿だ。さすが『王子様』と言われるだけのことはある。

彼がフリーになったと聞けば、女性たちはきっと黙ってなどいないだろうし、遊び相手にはことかかないというのも素直に頷けた。

「でもそれだと……、あんまりにもそっちにメリットがないよ…」

自分の面倒に、柴田を巻き込んでしまうのがなんだか申し訳なくてぽつりと呟くと、柴田はなぜか少し驚いたように目を見開き、それから肩を小さく震わせて笑った。

「……まったく、どれだけ人がいいんですか。こんなときまで人の心配とか…」

「なに？」

「いえ……。あれ？ そういえば先輩って、もしかしてお昼ご飯まだなんですか？」

突然の話題転換に、目をぱちくりとさせる。

見れば柴田の視線の先は、カウンターの奥に置かれた二つのおにぎりに向けられていた。

あれは雅春が当番の合間にでも食べようと思って、持ってきたものだ。

「え……？ ああ。うん。今日は、交代の図書委員が他にいなくて…」

図書委員は昼休み交代しながら、奥の資料室で弁当をとることになっている。

だが今日はその交代要員がいなかったし、先ほどの騒ぎでバタバタしていて、すっかり食べそびれてしまったのだ。

「今からでも、食べたらどうです？」

「……なんか、完全に食欲が失せちゃったから。今日はもういいよ」

先ほど、あの男に腕を摑まれたときの嫌悪感を思い出すと、今でもぞっとしてしまう。

もはや食べる気力もなくて首を横に振ると、柴田はなにやら少し考え込んだあとで、『……図々《ずうずう》しいこと言ってもいいですか？』と呟いた。

「え、なに？」

「もし先輩が食べないっていうのなら、あれ……一つだけもらってもいいですか？」

透明ラップに包まれた、みるからに家庭用のおにぎりだ。

なぜそんなものを柴田が欲しがるのか分からなくて、首を傾《かし》げる。

「もしかして、君はお昼をまだ食べてないの？」

「いや、さっき食堂でちゃんとラーメン食べてきましたよ。でもあれだけじゃ足りないし。それにうちの母親って……昔から、弁当とか絶対に自分で作るタイプじゃないんですよね。おかげで今も毎日、昼は学食かパンかコンビニなんですけど。さすがにもう飽きちゃって。コンビニとは違ったああいう握り飯って、別のうまさがあるじゃないですか」

「別に……こんなのでよかったら、どっちも食べていいけど……？」

「え、マジですか？」

「うん」

たいしたものではなかったが、先ほど助けてもらったお礼代わりだ。

二つのおにぎりをそのまま手渡すと、柴田はそうと分かるくらいに目をキラキラと輝かせた。

そうして『じゃあ、遠慮なくいただきます』と軽く手を合わせたあと、早速《さっそく》ラップを外してかぶりつく。

「あれ？　……これなんか、中に別々の具が…」

だが柴田はすぐなにかに気付いたように、手の中のおにぎりをじっと見つめた。

「ああ。うちはいつも二色なんだ。弟二人からのリクエストに応《こた》えてたら、自然とそうなっていうか…」

「焼きたらこと、いくらって。……なんですか。これ？」

「あ、もしかして魚卵系は苦手だった？　なら無理して中身は食べなくても……」

「いや、メチャックチャうまいです。っていうか、予想外。こんなおにぎりもあるのかって、目から鱗《うろこ》」

大きく握られたおにぎりの中には、場所によって違う具材が入れてある。

雅春が二色おにぎりを作るようになったのは、食欲旺盛な弟たちを喜ばせるためだったが、今ではそれが北上家の定番となっている。

初めてみる二色おにぎりに柴田は激しく感動したらしく、うまいうまいと言いながらあっという間に一つぺろりと平らげてしまった。

それでも決してガツガツ食べているようには見えないところが、さすがに育ちの良さだなと、妙なところで感心してしまう。

同時に、可愛らしくて細っこいのによく食べる自分の弟たちを思い出して、ついつい笑ってしまった。

「……先輩」

「ん？」

「さっき、俺のメリットがないって気にしてましたよね。なら……俺の報酬は、このおにぎりってことでどうですか？」

「え？　なんの話？」

「先輩は毎日、俺にこのおにぎりを余分に一つ多く持ってくる。代わりに俺はボディガードとして、先輩になるべく貼り付く。毎日一緒にいれば、そのうち勝手な噂が立つでしょうし、ああいう厄介な輩《やから》も追い払える。一石二鳥でしょう？」

「え……？　でも……それだと、あまりに安すぎじゃないかな？」

「いえ。このおにぎりには、それだけの価値がありますよ」

そうしみじみと呟く柴田の顔は、真剣そのものだ。

（……おにぎり一つで、王子様をボディガードに雇う？）

想像もしていなかった取引に、雅春はぽかんとして目を瞬かせる。

そうこうしているうちに、柴田はもう一つ残っていたおにぎりのラップもそそくさと外すと、『いただきます』と嬉《うれ》しそうにかぶりついた。

「え？　じゃあまさか、今までの弁当とかこのおにぎりも、全部先輩が作ってるんですか？」

「うん。まぁ……」

柴田からのおかしな提案に流されるようにして、彼と図書室のベランダで一緒にランチをとるようになって早一週間。

これまで食べていたおにぎりの製作者が、実は雅春本人であると知らされた柴田は、激しく驚いた顔つきで、手の中のおにぎりをまじまじと見つめた。

今日のおにぎりの具材は、昆布おかかに、梅しそチーズ。もう一つは竹の子の煮付けと照り焼きチキンだ。

柴田が毎回、おにぎりの中身を楽しみにしてくれるものだから、こちらとしても手を抜けなくなってしまった。弟たちだけでなく、柴田にもできれば喜ばれるものをと、新たな具材を考える時間も増えた。

「うちは母親がいないし、父は研究一筋で家事は全滅な人だから。一応、通いでときどき手伝いに来てくれる人もいるんだけど、弟たちもまだ小さいし……」

必然的に、長男の雅春が家のこと全般をやるようになってしまった。

そのためこれまで一度も部活に入った経験がないことや、代わりにせめて委員会活動くらいはするようにと担任からも勧められ、図書委員に入ったことなどをぽつぽつと伝えた。

「中学からずっと自炊ですか…。すごいですね…」

「別にそんなことないよ。作れるって言っても簡単なものが多いし。今では弟たちも色々と家事を手伝ってくれてるから。俺はただ料理がメインなだけで」

もともと手先が器用な三男の忍は、雅春に習って炊事の手伝いや、掃除を。

おおざっぱなところのある次男の祥平は、食器の片付けや、洗濯ものの取り込みなどをしてくれる。父が研究室に泊まり込んだり、出張でなかなか家に帰ってこられなくても、兄弟三人でうまく暮らしていると自負している。

だが生まれながらの坊ちゃん育ちで、自宅には家政婦やケータリングサービスが常に入っていたという柴田の目には、そうした庶民的な暮らしがかえって新鮮に映ったようだ。

雅春からもらったおにぎりを美味しそうに頰張《ほおば》りながら、柴田は毎回『それで？　昨日の弟さんたちは？』と楽しそうに雅春の話に耳を傾けてくる。

その上で最初に宣言したとおり、雅春にぴったりと貼り付いてはボディガードもしてくれていた。

それはそれで、とてもありがたい話ではあるのだが。

「あのね……柴田。別に毎回、家まで送り迎えしてくれなくてもいいんだけど……？」

「なんでですか？　それが最初の約束だったでしょう。虫除《むしよ》け代わりに、先輩にできるだけ貼り付きますって」

「それは、そうなんだけど……」

だからといってまるで深窓の令嬢をエスコートするかのごとく、朝早く最寄り駅まで迎えに来てくれたり、昼休みはもちろん、放課後までべったりとくっついていなくてもいいと思うのだが。

おかげで三日も経《た》たずに、『あの柴田が、今度は男に乗り換えたらしい』との噂が駆け巡り、なぜか今では雅春までもが変な注目を浴びてしまっていた。

「それで、先輩のほうはあれから大丈夫なんですか？」

「ああ。うん。……特に、なにも言われてないから」

先日、雅春をしつこく追いかけてきたバレー部のキャプテンは、雅春と柴田の噂をどこかで聞きつけたのか、一度すれ違いざまにものすごい形相でこちらを睨《にら》み付けてきた。

だが柴田相手では分が悪いと踏んだのか、以前のように露骨に雅春に近寄ってくることはなくなっていた。

そういう意味では、たしかに虫除け効果はあったのだろう。

なにせ王子様は、どこにいても恐ろしく目立つ。

大型の忠犬よろしく、朝も晩も雅春にぺったりと貼り付いてまわる柴田に、最初はなにごとかと目を丸くしていたクラスメイトたちも、一週間も経つとさすがに見慣れてきたのか、今では誰もツッコミをいれてくるものはいなくなっていた。

だが学校の外へと一歩出れば、さすがに違う。

「……それよりもさ。なんだか俺は、お前のファンから刺されるほうが早いんじゃないかって気がしてきたんだけど…?」

思わずぼやくと、柴田は『あはは』と笑ったが、雅春にとっては笑い話ではない。

柴田と一緒にいるときは、すれ違う女子高生たちからの視線がものすごく怖いのだ。『まさか、これ?』といった無遠慮な視線が、じろじろとこちらを値踏みしてくる。

彼女たちからしてみれば、ようやく王子様がミス聖女と別れてフリーになったと思ったのに、次のチャンスも与えられずに自分のような男と並んで歩いているのが、解せないのだろう。

しかも柴田はわざと見せつけるように、雅春にぴったりと寄り添って歩いたりするのだ。

それくらいしないと、虫除けにもならないからと笑って。

「噂によれば、どうやら俺は元カノに手ひどく振られたショックで、男に走ったらしいですよ?　だから妙な同情はされたとしても、それ以上のことはないと思いますから安心してください」

「……そんなこと言われてて、柴田はそれでいいわけ？」

「別に、みんなただ面白おかしく騒ぎたいだけでしょうし。別に噂ぐらい、好きに言わせとけばいいんです。気にもなりませんしね」

（……ほんと、こういうところ。すごいよね）

今時の男子高校生らしからぬこの鷹揚さというか、懐の広さが、女の子たちの目にはとても魅力的に映るのだろう。

みんなが柴田の恋の行方を噂するのは、それだけ彼のことが気になって仕方がないからなのだ。

「でも、どうしてみんなそんなに恋愛ばっかりしたがるんだろうね……。どうせすぐ、別れたりするくせに……」

柴田だってそうだ。

元カノとつい最近別れたばかりだというのに、『望む進路が違う以上、仕方がないですよね』と、実に飄々《ひょうひょう》としていて、落ち込んだ様子もない。

「うーん……地味に耳に痛い台詞ですね。でも別に誰も別れることを前提にして、つきあうわけじゃないとは思いますけど…？」

「それは分かってるけど。……柴田はさ、なんで彼女とつきあおうと思ったの？」

ふと思いついたまま質問を口にしてから、『あ…まずい』と思った。

彼女と別れたばかりの相手に、不躾《ぶしつけ》すぎる質問だろう。

「……ごめん。俺、すごい無神経なこと聞いたね…」

慌てて謝ると、柴田はなぜかそれにくすりと笑って『別にいいですよ。もう終わったことですから』と肩を竦めた。

「一番の理由は、向こうから告白されたからですけど。自分もちょうどフリーでしたし、『いいな』と思ったからOKしたんです」

「……つまり、最初から好きだったってこと？」

なんだか深いところにまで踏み込んでしまっているのは分かっていたが、柴田があまりにもさらりと答えてくれるので、ついつい尋ねてしまう。

「いや。告白された時点では、好きとかはありませんでしたよ。お互い、学校も違いましたし」

「え…。よく知らない相手と、つきあおうとか思えるもの？」

「そりゃ男としては、見た目が好みならまずありでしょう。つきあってからお互いに知っていけばいいですしね。それに女の子って、ふわふわしてて可愛いじゃないですか。どこ触っても柔らかいし、いい匂いがするし……。ってなんですか、その残念なものを見る目つきは…」

「いや……王子様でも、そんな下心でつきあったりするんだなと思って…」

「俺も健全な若い男ですからね。っていうか、こんなのただの一般論ですってば。先輩だって、これまで『好き』とまではいかなくとも、『可愛いな』だとか、『色っぽくていいな』とか感じた女の子ぐらいいたでしょう？」

「…………ないけど」

「え？　これまでに一度も？」

不思議そうな顔で問われて、もう一度こくりと頷く。

「ああ。もしかして、実は男のほうがいいとかいう……？」

「そういうんじゃなくて……」

「俺は別に、偏見とかないですけど？　イギリスにいた頃は、ゲイの友人もいましたし」

「だから、そういうんじゃないんだってば。……男はもちろんだけど、女の子にも特に興味がないっていうか……。もともと恋愛自体、一生するつもりもないしね」

雅春から見れば、恋愛なんてひどく愚かな行為だとしか思えない。

誰かにその心をまるごと奪われたり、なにもかも犠牲にしてもいいと思えるほどの感情に支配されるだなんて。

恋なんてどうせ、脳内ホルモンの過剰分泌による一時のまやかしに過ぎないのだ。

そんなあいまいなものに振り回されるのはごめんだったし、理性をなくして感情のままに突っ走れば、本人だけでなく周囲までもが不幸になる。

だから自分は恋なんて面倒なもの、一生するつもりはなかった。

「ええ？」

正直に告げると、柴田は『そんなもったいない』と、妙に残念そうな顔をして見せた。

「……好きだとか、嫌いだとか。そういう感情に振り回されるなんてバカみたいだし、どうせそのうち別れるくらいなら、最初からくっつかなけりゃいいのにって、実は思ってる」

「つまり……そこまで辛辣《しんらつ》に言うくらい、恋愛に関しては嫌な目にあってきたと…」

「嫌な目っていうか……ただ、うちの母親とか見てると、そう思うだけ」

「お母さん？」

（……しまった。余計なことまでしゃべりすぎた）

「先輩のお母さんが、どうかされたんですか？」

……どうせ柴田には最初から、変なところばかり見られているのだ。そう腹をくくると、雅春は渋々と唇を開いた。

「うちの母親は……昔からちょっと、普通じゃないっていうか。恋愛面に関して、すごくだらしない人だったんだ。……惚《ほ》れっぽいとでもいうのか、一人の男だけじゃ満足できない人らしくて。すぐに恋人作っては、フラフラと何年もいなくなったり。おかげでうちの家族がどれだけ振り回されてきたことか……」

「なるほどね。でも、それに関してはうちの父も人のこと言えませんよ？　なにしろ俺を育てくれた母は、親父にとっては四人目の妻ですしね」

「そう、なんだ…？」

どうやら柴田も、両親のことではそれなりに苦労しているらしい。

苦労知らずのボンボンに見えるその裏で、そんな事情があったとは知らなかった。

「でも一番謎なのは、そんな身勝手な母なのに、父は離婚もせずいつもただ見守ってるだけなんだよね。突然、一番下の弟を連れてきたときだって……」

「弟さんを連れてきたって、どういう意味です？」

「……あの人、生まれたばかりの祥君をほっぽって新しい恋人と出ていったくせに、何年かしたら、いきなり新しい子供を連れて帰ってきたんだよ」

「つまり……下の弟さんとは、父親が違うってことですか？」

「たぶん……そうだと思う。親戚の間でも、それは周知の事実みたいだったし」

なのに父はそんな身勝手で自由奔放な母を、いつもただ黙って『おかえり』と静かに受け入れていた。

その心境が雅春にはよく分からなかった。自分を裏切って出ていった相手を、人はそんなに簡単に受け入れられるものなんだろうか？

頼りないところはあるけれど、いつも優しくて子供たちにはめっぽう甘い父。そんな父のことは大好きだったが、母の件だけはどうしても理解ができないままだ。

「おかげで、親戚とはよく揉めたよ。誰の子かも分からない子供を引き取るなんて非常識だって、叱られたり。忍君もうちにくるまで、あの母親に振り回されてずっと大変だったみたいだし。……ほんと、あの人のおかげでみんないい迷惑で……」

「そんなこと言いつつも、先輩は弟さんたちの面倒をちゃんと見てるし、メチャクチャ可愛がってますよね？」

「それは……。他に面倒を見る人がいなかったから、仕方なくで……」

「へぇ。他に誰もいないから、仕方なく毎日弟さんたちが帰ってくる前に、慌てて家に戻ってるわけですか。仕方なく『おかえり』って出迎えて、仕方なく夕飯を作ったりもしてると。……このおにぎりの中身を、二人のリクエストに応えて毎日変えているのも、仕方なくですか？」

「……そうだよ」

頷くと、柴田はくしゃりと目を細めて笑った。

「誰がどう見たって、そうとは見えないんですけどね」

「…………だって、本当に仕方ないじゃないか。……祥君も、忍君も、俺の弟であるのは事実なわけだし。……二人とも、小さいときからものすごく可愛かったし……」

少女のように可憐な容貌をしていながら、実はかなりの食いしん坊で天真爛漫な次男も。

口ぶりや態度はクールなわりに、いつも雅春たち家族の役になんとか立とうとして、必死に自分から手伝いを買って出てくれる三男も。

あの母親については本当にどうしようもないけれど、年が離れてからできた弟二人は、どちらも文句なしに可愛かった。

身内びいきすぎるのかもしれないが、事実なのだから仕方がない。

思わずぼそぼそと本音を口にすると、柴田は『ぶふっ』と声を上げて吹き出した。

「な、なに？　文句あるわけ？」

「……いいえ。つまり、そういうことなんじゃないですか？」

「そういうことって？」

「先輩のお父さんが、そんな困ったお母さんのことを黙って受け入れてるのも、つまりは愛ってことでしょう」

言われて一瞬、言葉を失う。

そうなんだろうか。父はあんな無責任で奔放の塊のような母を、今でも愛しているのだろうか。だからなにも言わないのだろうか……。

「なに笑ってるんだよ？」

見れば、柴田がなぜか小さく肩を震わせているのに気付いて、雅春はいぶかしげに眉を寄せた。

「いえ……。北上先輩って、誰から告白されても絶対につきあわないって話でしたし、部活にも入らないで毎日さっさと早く帰るから、学校外に年上の恋人でもいるんじゃないかとか、あれは高嶺《たかね》の花なんだとか、俺もこれまで色々と噂は聞いてましたけどね。……そうか。ただのブラコンでしたか…」

「ち、違うってば。……忍君じゃあるまいし」

三男の忍は自他共に認めるほど重度のブラコンで、しかも次男の祥平のほうにべったりなのだ。それこそ、ときどき雅春が悔しくなるくらいに。

自分はあそこまでひどくないとムッとしながら答えると、柴田はますます肩を震わせながら、『いや……。先輩も結構、いい線いってると思いますよ』と楽しげに笑った。


そんな風に、いつの間にかすっかりと柴田の存在に馴染《なじ》んだ、ある昼休みのこと。

「北上先輩、よかったら夏休みに星を見に行きませんか？」

突然、キラキラと目を輝かせてそんな誘いをかけてきた柴田の前で、雅春は眩《まぶ》しげに目を細めた。

「星って……？」

「ちょうどお盆の頃に夏の流星群が見頃になるから、天文部の仲間たちと合宿がてら、天体観測に行こうかって話が出てるんですよ。知り合いのキャンプ場が山梨にあって、そこの丘から星がよく見えるので。顧問の先生に頼んだら、市内のプラネタリウムから大きい天体望遠鏡も借りてきてくれるらしいので、もしよかったら先輩もどうかなーと」

「へぇ……楽しそうだね。でもそれって、俺みたいな部外者が参加してもいいのかな？」

「もちろん。部活動も一応、課外授業の一環ですからね。うちの生徒なら、誰でも参加は自由です。ただ現地までは、電車とバスでの移動になりますけど」

思いがけない柴田からの誘いに、雅春は胸が高鳴るのを感じた。

天体望遠鏡を使っての本格的な天体観測は、雅春も初めてだ。プラネタリウムじゃなく、直接この目で流星群を見られるチャンスなんて、なかなかないだろう。

なによりこんな風に気軽に夏休みの遊びに誘われたのも、実に数年ぶりのことだった。

（夏休みに友人とキャンプなんて……行ったことない）

「あ……。でも、泊まりだとちょっと無理かも。昼はお手伝いさんに頼めばなんとかなるけど、夜は弟たちが二人だけになっちゃうから……」

「ああ、そうか。……弟さんたちって、たしかまだ小学生なんでしたっけ？　その日はお父さんに留守番を頼めませんか？」

「どうかな…」

予定があると早めに言っておけば大丈夫な気もするが、父は研究が詰まってくると大学に泊まり込みになったり、出張で他県の大学へ出向くことも多い。

どうしてもという場合は、他の人に留守番を頼まなければならないだろう。

(でも……行ってみたい)

「……父さんに、頼んでみるよ」

「よかった。じゃあ参加希望ってことで。夕飯はあっちでカレーかなにかを皆で準備するつもりでいますけど、夜遅くまで起きてることになると思うから、なにか夜食代わりに軽く食べられるものとか、上に羽織るものは自分で持ってきてくださいね。あとのシートとか、懐中電灯とか、必要なものはこっちで用意しますんで」

「分かった。……じゃあ俺は、おにぎりを多めに作って持っていくよ」

頷くと、柴田は『ラッキー』とその目を細めた。

どうやら柴田は本当に、雅春の作る握り飯をことのほか気に入っているらしい。

さすがに毎回おにぎり一つだけというのは気が引けて、あれからちゃんとした弁当も何度か作って渡してはいるのだが、一番のお気に入りはやはりあの二色のおにぎりらしい。

今日はなんの具だろうかと想像するのもわくわくして楽しいらしく、柴田は毎回おにぎりにかぶりついては、にこっと嬉しそうな顔を見せる。

このときだけはなんだか彼も年相応に見えて、その表情がまた雅春の心を甘く擽《くすぐ》った。

おかげでここ最近は、柴田を驚かせるための具を考えるのに忙しかったが、そうして悩む時間もまた楽しかった。

「でも、柴田が天文学部っていうのもなんか変な感じだよね」

「そうですか？」

「うん。その体格からいって、どこかの運動部にでも入ってるんだと思ってたよ。イギリスにいたときもずっと天文部だったの？」

「いや、あっちではアーチェリーと乗馬をやってました。星は個人的に好きだったので、友人と郊外までよく見に行ったりもしましたけど。日本と違って、あっちは曇天が多いから、なかなか綺麗に星が見られないんですよね」

「アーチェリーはともかく、乗馬って…？」

「前いた私立校には、結構大きな馬房があったんですよ。ポロの練習場なんかも。休日はよくみんなで、地元のポロクラブの試合を応援に行ったりもしてましたしね。まぁ、その流れで。……ポロってイギリスでは結構メジャーなスポーツなんですけど、日本には残念ながらないんですよね」

「だって、あれってたしかすごいお金のかかるスポーツなんじゃないっけ？」

「本格的にやるとそうでしょうね。プロ選手は一試合につき、一人三頭くらい馬を用意しないといけませんし。そのための練習場も馬房もいりますから」

なんだかもう、一般庶民とはスケールからして違う話だ。

「……今ものすごーく、柴田が『王子様』って呼ばれてる理由がよく分かった気がしたよ…」

呟くと、柴田は『あはは。俺はただの臑齧《すねかじ》りなだけで、全部親のおかげですけどね』と肩を竦めて笑っていたが。

そんな恵まれた環境の中で育ってきたわりに、柴田には気取ったところが一切なかった。妙にえらそぶったりすることもなく、それどころか弟二人の面倒を見ながら高校に通っている雅春を見て、『ほんとに先輩はすごいですよね』と感嘆の眼差しを向けてきたりもする。

知れば知るほど、なんだか不思議な男だなと思う。

海外育ちらしく言いたいことは遠慮なくズバズバと口にするところもあるけれど、その意見を決して相手に押しつけたりするわけでもない。

おおらかで屈託がなく、よく食べ、よく笑う。

お坊ちゃま育ちだとか、王子様だとか。やっかみまじりにからかわれながらも、柴田が女性だけでなく、同性からも人気がある理由がなんだかとてもよく分かる気がした。

柴田の人懐こい微笑みは見ているだけで和むし、屈託ない笑い声は耳に心地いい。

（だからなのかな……？　柴田といると、なんかすごい安心する…）

身体の大きな相手は苦手だったはずなのに、柴田といるときは、心の底からリラックスできるのが不思議だった。

背が高く、体格も立派な柴田が側でごろりと昼寝していても、まるで大型犬が自分を守るために寝そべっているかのようで、怖くもなんともなかった。

（それに……なんかすごく、楽しいし）

お互いに育ってきた環境は百八十度くらい違うはずなのに、柴田とはただくだらない話をしているだけでも、楽しかった。

雅春が図書当番のときは、自分好みの本をそれぞれに持ち寄って、ただ隣で静かに本を読んでいるだけのこともある。そんな風に柴田とは無理に会話をしなくても、沈黙がまるで苦痛じゃなかった。

（……これって、気が合うっていうのかな？）

雅春にはそこまで親しくつきあった友人がいないからよく分からないけれど、こういうのを親友とでもいうのだろうか？

知り合ってからまだ一カ月くらいしか経っていないのに、気付けばまるで昔から一緒にいたみたいに、彼が隣にいるのが当たり前になっている。

誰かとただずっと一緒にいる。それだけなのに、楽しくて嬉しい。そんな風に雅春が感じられた人物は、家族以外では初めてのことだった。

「ただいま」

いつもより少し帰りが遅くなった日、家に辿《たど》り着いて玄関を開けた瞬間、雅春はドキリとした。

玄関先にきっちりと揃《そろ》えられて置かれた、女性ものの和装の履物。雅春の知り合いの中で、こんな履物を履く人物は一人しかいない。

（……あの人がまた、来てるのか）

慌ててリビングを覗くと、予想通り、白地に睡蓮《すいれん》の花が描かれた着物姿の女性がソファに腰掛けていた。

ソファの向かい側には、祥平と忍が寄り添い合うようにして座っている。

二人は雅春の顔を見つけた途端、ぱっと顔を輝かせた。

「あ、兄ちゃん。おかえりー」

「春兄、おかえり」

二人に『ただいま』と優しく声をかけてから、ソファに座っていた女性へと向き合う。

「……真紀子《まきこ》さん、こんにちは。いらしてたんですか」

「おかえりなさい。お邪魔させてもらってるわ」

真紀子は母の姉にあたる女性だ。つまり、雅春たち兄弟にとっては伯母《おば》にあたる。

一筋の乱れもなく結い上げられた髪も、見るからに高価そうな着物も。

いつ会っても真紀子は隙なく整いすぎていて、まるで氷で作られた人形のような印象を抱かせる。

もう四十も半ばになるはずなのに、年齢を少しも感じさせないその冴《さ》え冴《ざ》えとした美貌は、さすがにあの母と姉妹だなと思わせるものがあった。

このにこりとも笑わない氷の女王のような伯母のことが、雅春は昔からあまり得意ではなかった。

「いつ、いらしたんですか？」

「三十分ほど前かしらね。……雅史《まさふみ》さんは、相変わらず大学が忙しいようね？　あまり家にも帰ってきていないみたいだし」

父の名を出されて、どきりとした。

どうやら真紀子は弟二人におやつを与えながら、最近のうちの様子を聞き出していたらしい。弟たちの前には、真紀子が差し入れてくれたらしいケーキやゼリーの残骸が広げてある。

「雅春さんも、いつもこんなに学校の帰りが遅いの？」

「いえ、今日はたまたまです。放課後に委員会の集まりがあったので。いつもは、もっと早い時間に帰宅してます」

「そう、ならいいのだけれど……。まだ小学生の弟を、二人だけでこんな時間まで待たせておくのは、あまり感心しないわね」

「……すみません。気を付けます」

溜め息まじりに呟かれた言葉に、ぐっと手のひらを握りしめる。

（よりにもよって、たまたま遅くなった日に来なくてもいいのに……）

できることなら、彼女には少しの隙も見せたくなかった。じゃないとすぐさま足を掬《すく》われてしまうことになるのは目に見えている。

真紀子の夫は、大きな総合病院で院長をしている。夫妻には子供がおらず、専業主婦として時間をもてあました真紀子は、ときどき北上の家をこうしてふいに訪れては、甥《おい》っ子たちの暮らしぶりをチェックしに来るのだ。

「雅春さんは……たしか今年、受験生だったわよね？　受験勉強のほうは順調に進んでいるのかしら？」

「はい。先月受けた模試で、希望している大学についてはほぼ合格判定をもらいましたし。特になにも問題はないです」

「そう。受験勉強はこれからが本番ですものね。今がよくても後半に成績を落とすようでは意味がないでしょうから、そのまま頑張りなさいね」

「分かりました」

神妙に頷くと、真紀子はふとなにかを思いついたように首を傾げた。

「そういえば、来月から学校はみんな夏休みに入るのよね。雅春さんも受験勉強とか、塾の夏期講習とかがあるんでしょう？　その間、祥平さんたちのことはどうするつもりなの？」

「特別に、夏期講習とかそういったものを受けるつもりはありませんから。この夏休みもいつもどおり、家で弟たちと一緒に過ごすつもりです」

自宅で弟たちの面倒を見ながら、勉強するつもりだと言い切ると、真紀子は大きな溜め息を吐いた。

「前から何度も言っているのだけれど。そんなに大変な中で、弟二人の面倒をあなたが一人で見るのは、難しいんじゃないかしら？」

「大丈夫ですから。お気遣いなく。大変なときには、中谷《なかたに》さんにも来てもらってますし……」

中谷というのは、弟たちがまだかなり幼かった頃から、通いで家に来てもらっていた家政婦さんだ。

もう現役を退いてはいるものの、彼女自身まだかくしゃくとしており、同じ市内在住ということもあって、どうしても人手が足りないときには今でも臨時で手伝いに来てもらうこともあった。

「別に……そんな赤の他人にわざわざお金を払って頼まなくても、前から言ってるとおり、うちで預かってもいいのよ？　今年の夏休みの間だけでもうちで二人を預かったほうが、あなたも勉強だけに専念できるでしょうし……」

「いえ。本当にそんなことしていただかなくても平気です。今でも俺が、ちゃんと弟たちのことは面倒を見てますし」

「それは分かっています。でも、時には身内の年長者に頼ることも覚えなさいな。それにあなただってまだ高校生なんだから、たまには友人たちと遊びに出かけたいと思うことだってあるでしょう？　それに……せっかくの夏休みなのに、この子たちをずっと家の中で縛りつけておくのも可哀想《かわいそう》じゃ……」

「本当に大丈夫ですから！　俺は友人と出かけたりなんてしませんし。祥君や、忍君のことだってちゃんと考えてます。プールとか遊園地とかにも、俺と父が毎年連れていったりもしてますし！　……うちのことは、放って置いてください！」

真紀子の声を遮るようにして、思わず強い声が出た。

ことあるごとに弟二人を自分の家へと呼び寄せたがる真紀子の魂胆は、よく分かっていた。

「春兄、どしたの？　なんかあった？」

「ごめん……。なんでもないよ。……兄ちゃんは真紀子おばさんと大事なお話をしてるから、祥君と忍君は、向こうの部屋でテレビでも見ててくれるかな？」

いつもは穏やかな雅春が、珍しく大きな声をあげたことに驚いたらしい。

祥平が慌てて寄ってきたが、その場の空気を察したらしい忍が、祥平の手を引くと『あっちでテレビ見てようよ』と席を立ってくれた。そのことにほっとする。

二人が行ってしまうのを見届けた真紀子は、ふぅっと息を吐くと、その髪をそっと撫《な》で上げた。

「あまり頑《かたく》ななのも、可愛げがないですよ」

「……すみません。でも……俺たちのことなら、本当に気にしてもらわなくても大丈夫です。これまでも三人でやってきましたし、これからも三人で仲良くやっていきます」

「本当に……。その頑固さは、いったい誰に似たのかしらね？」

溜め息まじりに呟かれ、手のひらをぎゅっと握りしめる。

たとえどんなに呆《あき》れられても、雅春は弟を真紀子に預ける気にはなれなかった。忍に関しては、特に。

忍が北上の家を初めて訪れたのは、数年前のある冬の日のことだった。

聞けば忍は、雅春たちの母である翔子《しょうこ》の子であり、雅春たちにとっては弟にあたる存在なのだという。ふざけた話だとは思ったが、忍を目にした瞬間、そんな気持ちはどこかへと吹き飛んでいた。

ガリガリにやせ細った無表情の小さな子供。だが頼りなげに小さく震えるその黒い瞳と目が合ったとき、雅春は自然と湧《わ》き上がってきた愛《いと》しさに胸が詰まった。

『やぁ、いらっしゃい。君が春君と祥君の弟か。よく来たねぇ』とニコニコ笑って忍をそのまま受け入れた父も、同じ気持ちだったのだろう。

問題の母はしれっとした顔で忍を父に預けると、またふらりとどこかへ旅立ってしまったが、その数日後、母に置いていかれた忍を見にきた真紀子は、突然『この子はうちで引き取りますから』と言い出したのだ。

真紀子としては、不肖の妹が置いていった父親の分からぬ子供を引き取るのは、姉である自分の義務だとでも思ったのかもしれない。

それとも子供のいない夫妻にとっては、病院の跡取りとして育てるのにちょうどいいとでも思ったのか。

突然できた弟を猫かわいがりしていた祥平は、忍がどこかに連れていかれるかもしれないと知った途端激しく泣きだし、父もまた『翔子さんの子でしたら、みんな僕の子供です。他の人に渡すことはできません』ときっぱり断ってくれたため、そのときは真紀子もしぶしぶながらも引き下がったのだが。

それでも彼女がいまだに忍のことを諦めていないのは、雅春もよく知っている。

忍が祥平にひどく懐いていて、二人の仲を引きはがせないと知った真紀子が、『うちは二人一緒に来てもらっても構いません。そのほうがあなたも雅春さんも楽になるでしょうし、十分に育てられる余裕はありますから』と、父にこっそり交渉しているのを聞いてしまったことがあるからだ。

――冗談ではなかった。

たしかに忍とは、父親が違うのかもしれない。だが半分とはいえ、忍が自分の弟であるのは間違いなかったし、祥平同様、雅春もとっくに忍を家族として受け入れていた。それにようやく忍も落ち着いてきたばかりだ。

あの母に放置されて育ったせいか、忍はやせ細ってあまり笑わない子供だったが、それでも慣れない環境の中で一生懸命、この家に馴染もうとしている姿がいじらしかった。

我《わ》が儘《まま》一つ言わずに、雅春や父の言うことを聞き、まるで親を見つけた雛鳥《ひなどり》のように祥平のあとばかりついて歩く姿は痛々しいほどだ。

夜は手を繋いで一緒に眠るほど仲が良い弟二人を引き離すつもりなどなかったし、かといって二人一緒に連れていかれるなんて、もっとあり得なかった。

祥平も忍も、雅春にとってはかけがえのない家族だ。

初対面のときからニコニコ笑って受け入れていた父にとっても、言わずもがなだろう。

どれだけ弟たちに手が掛かったとしても、二人を手放すなんてとても考えられなかったし、今でもその気持ちは変わらない。

だからこそ真紀子には、できる限り借りなんて作りたくなかったし、つけ込む隙も与えたくなかった。

雅春のそうした頑なさに、呆れたのだろう。

やがて真紀子はすっくと立ち上がると、『そろそろ帰ります。雅史さんによろしくね』と一言告げて、クラッチバッグを手にとった。

「祥君、忍君。真紀子おばさんがおうちに帰られるから、ちゃんとご挨拶して」

隣の部屋でテレビを見ていた二人に声をかけて、玄関先で見送らせる。

どれだけ近づけたくない相手でも、一応は親戚だ。

素直に部屋から出てきた二人は、玄関で履物を履く真紀子に向かって『おばちゃん、またね。ケーキ美味しかったです。ありがとう』とぺこりと頭を下げた。

「二人とも、たまにはうちにも遊びにいらっしゃい。また美味しいケーキを用意しておきますからね」

珍しくその口元を少し緩めた真紀子は、二人の頭を交互にそっと撫でると、雅春に『あなたも、無理はしないように』と言い含めて家を出ていった。

瞬間、ほっと息を吐く。

真紀子が来るといつもひどく緊張する。隙を見せた途端、弟たちを連れていかれるのではないかと不安になるせいだろう。

——多分真紀子の言い分にも、一理あるのが分かっているから、なおさら。

「……ごめんね」

「なんで、春兄が謝るの？」

真紀子の言うとおり、せっかくこれから夏休みに入るというのに、弟たちには旅行の計画すらもない。

毎年、市民プールや近所の夏祭り、それから動物園へ連れていく程度だ。

せめて長野にある父の田舎にでも遊びに行ければいいのだが、父方の親族とは母や忍のことで揉めて以来、ほぼつきあいが切れたままになっている。

唯一、雅春たちに優しかった祖母ももう亡くなって久しいし、どうせ嫌な思いをすると分かっているのに、意地悪な従兄弟たちと顔は合わせたくなかった。

なにより、祥平や忍をあんな針のむしろのような場所に行かせたくない。

それを思うとひどく申し訳ない気がしたが、父も自分もいないときをまるで見計らうかのようにやってきて、手土産で弟たちの気を惹こうとする真紀子のやり方は許せなかった。姑《こ》息《そく》だ。

「あの……さ。二人は……夏休みの間、真紀子おばちゃんの家に遊びに行ってみたい？」

さっきはつい勢いで断ってしまったけれど、本当にそれでよかったのだろうかという疑問が、今さらながらにこみ上げてくる。

恐る恐る尋ねると、祥平と忍は互いに顔を見合わせてから、不思議そうに首を傾げた。

「それって、春兄ちゃんも一緒？」

真紀子が家に来て欲しいのは、まだ幼くて言うことを聞きそうな弟二人だけだ。

頑固な上、いまさら病院の跡取りにできない雅春のことなど、眼中にもないだろう。

「……兄ちゃんは一緒には行かないよ。おうちで勉強もあるし、さすがに夏休みは父さんも帰ってくるだろうし……」

首を振ると、弟二人はまるで示し合わせでもしたかのように、揃って『なら、いかない』と言い切った。

「どうして？　おばちゃんの家に行けば、ケーキとかお菓子もたくさん用意してくれるかもしれないよ？　海や山にも、遊びに連れて行ってくれるかもしれないし…」

「……ケーキは好きだけど、おばちゃんちにはいかない」

そう言い張ったのは祥平だ。

食べ物に目がない祥平ならば、即刻『いく』と言いだすかと思ったのに、まさかの返事には拍子抜けしてしまった。

「ケーキがあるのに、どうして？」

「だって俺たちがいなかったら、春兄がおうちで一人になっちゃうだろ。そしたら夜に怖くて泣くじゃんか」

一瞬、言葉を失う。

まさか、そんなことをこの弟に気にされているとは思わなかった。

「兄ちゃんはもう大きいから、夜に一人でも泣かないよ」

「ほんと？　泣かないの？」

不思議そうに顔を覗き込まれて、思わず小さく笑ってしまった。

夜、一人にされると怖くて泣きそうになるのは、祥平のほうだろうに。

「そうだね。泣いたりはしないと思うけど……やっぱり、二人がいないとすごい寂しいな」

答えると、祥平は満面の笑みを浮かべてにっと笑った。

「ほーらね。だから、やっぱいかない」

勝ち誇った顔で可愛らしいことを言う、天使のような弟の頭をくしゃりと撫でる。

天真爛漫なこの弟には、これだから誰も適《かな》わないのだ。

あまりにも素直な祥平を見ているうちに、みんなつい釣られて笑顔になってしまう。

雅春から撫でられたことが少し照れくさかったのか、祥平は『えへへ。あ、おばちゃんが持ってきてくれたお菓子、まだ残ってたよね？』といそいそとリビングへと戻っていった。

「こら。すぐ夕飯になるんだから、食べすぎたらダメだよ」

慌ててそのあとを追いかけようとしたとき、雅春はシャツの袖をツンツンと引っ張られているのに気付いて、立ち止まった。

「忍君？　どうかした？」

普段、あまり欲求を口にしない末っ子が、自分からなにか話しかけてくるとは珍しい。

目線を合わせるためにしゃがみ込むと、忍は俯いたままぼそりと呟いた。

「……俺。……俺だけ、夏休みの間、おばちゃんのとこ行ってもいいよ」

「え、忍君だけ？　なんで……いきなりどうしたの？」

いつも祥平にべったりと貼り付いていて、離れたがらないくせに。

なぜ突然そんなことを言い出したのか分からず首を傾げると、忍は目を伏せたまま、小さな声を絞り出した。

「そしたら……春兄、嫌なこと言われないですむんだろ？　……俺がいなかったら、ちょっとは面倒減るんだろ？」

「忍君…」

「そしたら春兄、勉強たくさんできるだろ…」

堪《こら》えるような小さな呟きに、胸がきゅぅぅっと締め付けられるみたいに苦しくなって、雅春は慌てて目の前の細い肩を引き寄せた。

忍はきっと、真紀子と雅春との会話を聞いていたのだろう。

そのせいで、自分がここにいると雅春が嫌みなことを言われたり、勉強の邪魔になると思っているのだ。

突然、母親から見捨てられ、この家に置いていかれたときからそうだった。この幼い弟は、誰よりも大人で、そして誰よりも我慢強かった。

（……これだから、親戚には誰にも会わせたくないのに…）

周りからなにか言われなくても、忍自身がきっと一番、『自分はこの家にいたらダメなん

じゃないか』と、そう思っているに違いなかった。

そんな風に小さな胸を一人ズキズキと痛ませていたのかと思ったら、喉《のど》の奥がふいに熱くなるのを感じた。

「あのね……忍君。俺は忍君や祥君のこと、面倒だなんて思ったことは一度もないよ。それに忍君がいなかったら、俺が勉強してる間、誰が祥君の面倒を見てくれるの？」

天真爛漫だがひどく寂しがり屋の次男が、一人きりで大人しく待っていられるわけがないことは、ちょっと考えれば分かりそうなものだ。

「それに、誰が家のことを手伝ってくれるの？　祥君は父さんに似て、家事はさっぱりなんだから。忍君が、うちにいて手伝ってくれないと」

「……俺がいないと、春兄……困るの？」

「すっごい困るね」

言い切ると、忍はようやくその顔をそろそろとあげた。

真っ赤になった瞳が、潤むように揺れている。

「それにもし忍君が家にいなかったら、父さんが帰ってきたとき寂しくてこっそり泣いちゃうかもよ？　なにより祥君がすっごい泣くよ。そしたら忍君だって困るでしょ？」

「……困る」

「ね。だからどこにも行ったりしないで、祥君とうちにいてよ」

頼み込むようにしてお願いすると、忍は『…うん』と小さく頷いてくれた。

抱き寄せた小さな肩が小刻みに揺れている。

それに気付かないフリをしたまま、雅春は小さな弟の身体をきゅっと強く抱きしめた。

誰よりもプライドが高いこの小さな弟は、人前で泣くなんてことは許せないのだ。

だから、雅春は忍がごしごしと何度も目を擦《こす》っていたことにも気付かなかったフリをして、その背中をぽんぽんと叩いた。

「さて。さっそく夕飯の支度をするから、忍君も手伝ってよ。今日は祥君が好きな水餃子《すいギョーザ》を、たくさん作ろうと思ってるんだ。あ……その前に、祥君があれ以上、お菓子食べるの止めてきてくれる？」

お願いすると、真っ赤な目をした末の弟は『わかった』と頷き、慌ててリビングへと駆けていった。


その日の夜、雅春は初めて柴田の携帯に電話をかけてみた。

『なにかあれば、いつでもどうぞ』と最初に連絡先は交換していたけれど、これまで一度もかけたことはなかったから、呼び出しのコール音を聞いている間、ちょっとだけドキドキしてしまう。

(いきなり電話なんかして、もし迷惑だったらどうしよう……)

『あれ……北上先輩?』

柴田は電話の相手が雅春だと知ると『どうしたんですか? 珍しいですね』と驚いた様子だったが、その声が嬉しそうに弾んでいたことにホッとする。

だが雅春が夏休みのキャンプにはやはり行けなくなったことを伝えると、その声はみるみるうちに萎《しぼ》んでいった。

『そうですか……』

「うん。せっかく誘ってくれたのに、ごめん」

『それは仕方ないですし、別に気にしなくていいですよ。でも先輩と出かけるのを結構楽しみにしてたんで、なんだか残念ですね』

そんな風に言われると、後ろ髪が引かれてしまう。

生まれて初めてのキャンプと天体観測は、雅春にとっても胸躍る素敵な予定だったから。

「……俺も。すごく残念だよ」

柴田と並んで天から降ってくる星を眺めながら、ああでもないこうでもないと、色々な話をしてみたかった。

だが……今日の午後、真紀子に会ってよく分かったことがあった。

やはり今はまだ、幼い弟たちを置いては行けない。

父や家政婦の中谷に頼めば一泊くらいは出かけられたかもしれないが、真紀子に『俺がちゃんと二人の面倒は見ます』と啖呵《たんか》を切った以上、誰の手も借りたくはなかった。

そんな雅春の気持ちをくみ取ってくれたのか、柴田はそれ以上深くは突っ込んでこなかったし、その後も終始くだらない話で終わってしまったけれど。

（まだ、切りたくないな…）

受話器越しに初めて聞いた柴田の柔らかな笑い声は、いつも以上に温かい気がして、なんだか妙に耳が擽ったかった。


「北上先輩、こっちです」

夏休みに入ってしばらく経ったある晩、雅春は柴田から突然電話で呼び出された。

予定通り、天文部の仲間と天体観測に行ってきた柴田は、その土産を雅春に渡したいらしい。

柴田から『お土産があるので』と聞かされたとき、雅春の胸の中が一瞬、ほかほかと温かくなった。

弟たちが寝静まったあとならたぶん大丈夫だからと伝えると、柴田は『じゃあ、十時に駅前で待ち合わせませんか？』と告げ、ついでにいくつかのリクエストをしてきた。

「すみません。こんな時間に出てきてもらっちゃって、家は大丈夫でしたか？」

「うん。今日は父も早めに帰ってきてくれたし、弟たちなら寝かせてきたから……」

「よかった。じゃあ行きましょうか」

「行くって……どこに？」

お土産を渡してもらって、それでおしまいじゃなかったのか。

「内緒です。あ……そうだ。リクエストしたものは持ってきてくれましたか？」

「ああ、うん。言われたとおり、食べ物と飲み物だけは用意してきたけど……。こんなのどうするの？」

尋ねても、悪戯っぽく笑うだけの柴田に導かれるまま、行き先も分からずにそのあとについていく。

「……学校？」

やがて辿り着いた先は、いつもの見慣れた四階建ての高校の校舎だった。

さすがにこの時間に人影は見えず、校舎はひっそりと静まり返っている。

柴田は正門ではなく、来客用の小さな通用口を開けて中へと入ると、校舎に向かって歩き始めた。

「ちょっと。柴田……こんな時間から、まさか忘れ物でも取りに来たわけ？」

「しっ…。静かにしてこっちに」

招かれるまま、そろそろと非常階段へ向かう。柴田は非常階段に辿り着くと、そのまま上に向かってスタスタと上り始めた。

この校舎に通って三年目になるが、夜の学校へ来たのは初めてだ。

やがて四階から屋上へと続くドアの前で、柴田は立ち止まった。そこはいつもは鍵が掛かっていて、生徒は自由には立ち入れないようになっているはずだ。

だが柴田は魔法のようにどこかから小さな鍵を取り出すと、それをドアノブへと押し込んだ。

「……なんで柴田が、屋上の鍵なんて持ってるんだよ？」

「これ、実は天文部のものなんです。ときどき屋上で観測したりもするので、いつもは顧問が持ってるんですけどね。今日はこっそり借りてきました」

つまり、内緒で持ち出してきたということらしい。

「それって……。もしバレたらかなり叱られるんじゃ……？」

「誰も言わなきゃバレないでしょ」

……つまり、黙っていろということらしい。

知らぬ間に共犯者に仕立て上げられたことはなんだか釈然としないが、誰もいない夜の校舎は昼とはまた違った顔を覗かせていて、恐ろしくもわくわくするような背徳感があった。

「わ……」

柴田に続いて静かに屋上へと上がった雅春は、眼下に広がった光景に思わず感嘆の声を上げた。

清秋高校は坂の上に建てられているため、周りには景色を遮るようなビルや明かりがなにもない。少し離れたあの先がキラキラと光って見えるのは、繁華街だろうか。

なるほど。これならたしかに観測もしやすいよなとふと空を仰げば、いつも以上に星空が近くに見えた。

「すごいね……」

ぽつりと呟くと、柴田は悪戯が好きな子供のように、目を細めて笑った。

屋上の真ん中にはすでにレジャーシートが敷かれていて、さらにその上には小さな望遠鏡が一つ置いてある。

「……あの望遠鏡は？」

「ああ、先輩。この間キャンプに行けなかったでしょ。市内に置いてあるようなデカい望遠鏡とは違って小さくて申し訳ないんですけど。うちにあるのを持ってきました」

どうやらあれは柴田が個人的に持ち込んだものらしい。

天体観測のキャンプに行けず、雅春がひどく残念がっていたことを覚えていてくれたのだろう。

そのために、わざわざこの場を用意してくれたのかと思ったら、驚きとともに、なぜか胸が甘く痛んだ。

「ありがとう……。天体望遠鏡とか見るの、実は初めてなんだ」

「ならよかった。どうぞ、好きなだけ見てってください」

柴田に角度や倍率を調整してもらいながら、初めて覗いた天体望遠鏡は、驚くぐらい鮮明に星の姿を映し出してくれた。

「うわ……。土星って、本当に綺麗な輪っかが見えるんだね」

まるでアニメに出てくるようなその形状に感心する雅春に、柴田は笑って頷いた。

「あれ、ほとんどが氷の塊でできてるって知ってました？　中にはちょっとした岩や、微粒子なんかも混ざってるらしいですけどね」

「え……氷？　本当に？」

まさあの輪っか全体が、氷の粒でできているとは思いもよらなかった。

「それに土星だけじゃなくて、実は木星や、海王星、天王星にも同じようなリングがあるんですよ。この望遠鏡じゃ、そこまで見るのは無理ですけど」

「へぇ……知らなかったな。あの輪って、土星だけにあるのかと思ってた」

柴田の説明は分かりやすく、そして面白かった。

望遠鏡の角度を少しずつ変えては、星の等級だとか、彗星《すいせい》の軌道について、一つ一つ丁寧に説明してくれる。

星の色の違いや、光の届く速度。そんな話に耳を傾けながら、柴田と並んでシートの上でごろりと横になると、視界いっぱいに美しい星空が広がった。

まるで星屑《ほしくず》の中で、柴田と二人きり寝ている気分だ。

シート越しにコンクリートの冷たさが伝わってきて、蒸し暑い夜には心地よかった。

柴田は他にも、夏の夜にカナダで見たオーロラの話もしてくれた。その星空を反射して、鏡のようにキラキラと光る湖の話も。

オーロラといえば冬の極寒の地で見るものだと思っていたけれど、夏場でも場所によっては見ることができるらしい。

ここは郊外のベッドタウンだが、それでもこれだけの星が望めるのだ。きっと柴田が行ったというカナダの地では、もっと美しい星空だったのだろうなと想像するだけで楽しかった。

一通り星を眺めたあとは、雅春の作ってきたおにぎりを二人で食べた。

「はい」

「いただきます」

肉そぼろと野沢菜を中に入れ、味噌をつけて軽く炙《あぶ》ったおにぎりを手渡すと、柴田は嬉しそうに目を細めながら、ぱくぱくと頬張った。

相変わらず、気持ちがいいほどの食べっぷりだ。見ているこちらまで嬉しくなってくる。

だがふいにその手を止めると、柴田は食べかけのおにぎりをじっと見つめた。

「そういえば……この前、ちょっと小腹が空《す》いたときに、俺も先輩の真似して家でおにぎりを作ってみたんですけどね」

「へえ。どうだった？」

「それが……手は熱いし、ご飯粒はつきまくるし、うまく三角にはならないしでさんざんでしたよ。それでもなんとかそれっぽく、丸めてみたんですけどね。いざ食べたら、妙にべちゃっとしてるわ、食べるはしからぼろぼろ崩れるわで……」

『正直、ぜんぜん美味しくなかったんです…』とがっくりとうなだれた柴田に、雅春は苦笑を零した。

「それはたぶん、手に水をつけすぎたんだと思うよ。一回の握るお米の量が多すぎると、うまく握れないから、お茶碗に軽く一杯盛ったくらいに調節してみて。あと慣れないうちはラップを手のひらにのせてその上で握るとご飯粒もつかないし、形も整えやすいと思う」

握り加減は自分で覚えていくしかないが、失敗を少なくするための方法をいくつかアドバイスすると、柴田は神妙な顔で『なるほど』と頷いた。

「握り飯って単純そうでいて、実はかなり奥が深いんですね……」

柴田が真顔のままそんなことをしみじみ言うものだから、思わず吹き出してしまう。

王子様などと呼ばれる柴田のことだ。きっとこれまで一度も、台所に立ったことすらなかっただろうに。

そんな彼が生まれて初めて三角のおにぎりを作ろうとして、一人台所で四苦八苦している姿を想像したら、それだけでクスクスとした笑みが自然と零れてしまった。

「え、なに？」

だがそのあとで雅春は、なにやらぽかんとした顔つきで、柴田がまじまじとこちらを見ていることに気がついた。

「いや……先輩でも、笑うんだなと思って」

言われた瞬間、すっと笑みが引いていくのが分かった。

ほんの少し笑っただけでも『男に媚びている』と言われた過去を、ふいに思い出したからだ。

——お前、笑うとますますあの女に似てくるよな。

顔を合わせるたび、嫌みな従兄弟たちからそうからかわれたことも忘れていない。

そういうのが嫌で、外ではあまり笑わなくなっていたけれど。

「……別に。俺だって、面白ければ笑うくらいするよ。……変で悪かったね」

雅春がムッとした顔つきで呟くと、柴田は慌てたように首を振った。

「え？　なんで変ってことになるんです？　むしろ、もっとたくさん笑えばいいのにと思ったのに。すげー、もったいないですよ」

「……え？」

（もったいないって……なにが？）

「えーと……たとえばですけどね。しつこい相手をお断りするときは、今みたいににっこり笑って『気持ちは嬉しいんだけど、ごめんね』とか言っとけばいいんですよ。そしたら相手はもう、それ以上はなにも言えなくなると思いますけど？」

（……なるほどね。つまりそうやって王子様は、次々と送られてくる女の子たちからの秋波を、波風たてずにうまく躱《かわ》しているわけか）

だが人づきあいがうまいとはとても言えない自分に、そんな上手な切り返しができるとは思えなかった。

そういうのは柴田のようにそつがなく、アイドルのような王子様がやるから効果があるのだ。

「……そんなの、俺には無理だってば」

「どうしてです？」

「柴田、あのね……。自分が笑顔一つでなんでものりきれるからって、そんなの誰にでもできる技じゃないっていうのくらい、少し考えれば分かるだろ？」

「いやいや、先輩なら絶対にいけますって。……ほら、前にも話したことがあるじゃないですか。俺はもともと男にはこれっぽっちも興味がないって話。そんな俺でも、たった今先輩からふんわり笑いかけられたとき、思わずひれ伏しちゃいそうになりましたもん」

「は……？」

なんだそれは。

どんな冗談かと思ったけれど、柴田は真剣な顔つきそのものだ。

「うーん。なんだかこのまま北上先輩を一人で置いていくのが、すごく心配になりますね。余計なお世話だっていうのは分かってるんですけど…」

ぶつぶつと独り言を呟く柴田に、やや困惑気味に眉を寄せると、柴田は肩でふっと息を吐いてから笑った。

「……実はですね。明後日《あさって》、正式に渡米することが決まったんです」

「え？」

あまりに突然の話で驚いた。秋になったら留学するという話は聞いていたけれど、まさかこんなにも早く行くことになるとは思ってもいなかった。

「本当は九月初めまでは日本にいるつもりだったんですけどね。入る予定だった寮に早めに空きが出たらしくて。試験のこともありますし、なら早めにあっちに行って準備をしたほうがいいってことになって」

「そう…なんだ」

「なので、案山子役は今日で終了です」

「そっか……」

つまりはそれを伝えたくて、今日わざわざこうして連れ出してくれたらしい。

初めから柴田と一緒にいられる時間は限られていると分かってはいたけれど、思いもかけず突然やってきた別れに、一瞬、胸の奥が激しくざわめいた。

「なんだか、バタバタな感じになっちゃって、すみません」

「ううん、こっちこそ。……今まで本当に色々とありがとう。今夜のことも、楽しかった」

「こちらこそ。美味しいおにぎり、ご馳走様《ちそうさま》でした」

言いながら、柴田は目を細めてにこっと笑った。

人懐こそうな優しい微笑み。これもまた今日で見納めなのかと思ったら、なぜだか胸の真ん中にぽっかりと穴が空いたような切なさを覚える。

「これからは、俺ももうちょっとしっかりするよ。嫌なことから逃げてばかりいないで、ちゃんと一人でもうまく躱せるように」

「是非、そうしてください」

宣言すると、柴田はもう一度笑って頷いてくれた。

「柴田もあんまり、フラフラばっかりしないほうがいいと思うよ？　いくら女の子にモテるからって、次々とつきあったり別れたりしてると、そのうち本気で女の子から恨まれやしな

おかしそうに笑って肩を竦めた。

余計なお世話だと思いつつも、ずっと気になっていたことを忠告すると、柴田はなにやらおかしそうに笑って肩を竦めた。

「そうですね。でも、そのあたりは大丈夫だと思いますよ。俺の場合、別に俺自身が好きでモテてるってわけじゃないですしね」

「……？　それ、どういう意味？」

「うーん。女の子にとっては、自分の彼氏のステイタスや、連れて歩いていかに自慢できるかがなにより重要らしいので。ある意味、ブランドバッグかアクセサリーと同じ感覚なんですよね。……前の彼女のときもそうでしたけど、連れて歩けない時点でもう続ける意味はないし、用なしってことなんでしょうね」

柴田にしては珍しく、少し皮肉が入りまじった口調にびっくりした。

まさか彼がそんな風に自分のことを考えているとは思わなかった。

いつものんびりと構えていて、懐が広くて。元カノに振られたときも、『まぁ仕方ないですよね』なんて笑って話していたけれど。

それはただ、表面上の話だけだったのかもしれない。

もしかしたら本当は、柴田もあっさり振られてしまったことに深く傷付いていたのかもしれないなと、このとき雅春は初めて気が付いた。

「そんなことない」

「……はい？」

「別に、そんな話ばかりじゃないよね？　柴田自身のことが本当に好きな子だって、いたはずだと思うよ」

「あれ？　北上先輩にしては、珍しく恋愛に前向きな発言ですね」

柴田はそう言って茶化したが、これは別に慰めじゃなく、雅春の本音だった。

「だって、俺は柴田といるときすごい楽しかったよ」

「先輩……」

「すごく、すごく楽しかった。ほんのちょっとの間だけだったけど、俺は柴田と知り合えて本当によかったって思ってる。……これからもう、あの図書室で柴田に会えなくなるのかと思うと、それだけで死ぬほど寂しいよ」

彼のゆったりとした鷹揚さだとか、困ったときはさりげなく手を貸してくれる優しさだとか。

今夜だってキャンプに行けなかった雅春のために、わざわざこうして代わりの場を用意してくれたのだというのも、分かっている。

つきあえばつきあうほど、柴田のいいところばかりが見えてくるのに。

見た目や、ステイタスばかりが彼の良さだなんて、そんなことあるはずがなかった。

これからもう彼に学校で会えなくなるのはとても寂しかったが、せっかくの晴れの門出だ。ここは喜んで送り出すべきなのだろう。

「……先輩って、ときどき人の心臓を鷲掴《わしづか》むようなことを平気で言いますよね？」

「え……そうかな？」

「そうですよ…」

なぜか柴田は暗い夜空の下で、その口元を押さえるようにして俯いていた。

（もしかして……照れてる？）

雅春も面と向かって誰かにこんなことを言うのは初めてだったが、この星空の下ではそれもあまり気にならなかった。

だってどれも本当のことだ。

「柴田といると、いつもホッとして肩から力が抜けたっていうか……すごい、安心できてたからかな？」

「うーん……。なんかそこまで信頼されているのって、ものすごく嬉しい半面、ちょっとだけ複雑ですけどね」

「それ、どういう意味？」

言われた意味がよく分からずに聞き返すと、柴田は『いえ、いいんです。こっちの話ですから』と困ったように笑っていたけれど。

屋上でのミニ天体観測会は、小一時間ほどで終わりとなった。

誰にも見咎《みとが》められずにそっと校舎から抜け出せたときは、二人でホッと胸を撫で下ろし、顔を見合わせてまた笑った。

別にいいよと言ったのに、柴田はその夜も今までと同じように雅春を家まで送ってくれた。

「……ありがとう。アメリカに行っても、頑張って」

「先輩こそ、身の回りには十分に気を付けてくださいね。……それから、可愛い弟さんたちにもよろしく」

別れ際にそう言って差し出された柴田の手を、雅春はそっと握りかえした。

初めて触れた柴田の手は大きくて暖かく、とても優しい感触がした。

ああ……これで本当に最後なんだなと思うと、心の一部が欠けたようにツキリと痛んで、寂しかった。


「あれ？　北上先輩も、今帰りですか？」

社員寮の入り口へとさしかかったとき、懐かしい声に名を呼ばれてドキリとした。

慌てて振り返れば、スーツ姿の柴田が少し疲れたような顔をして立っているのが見えた。

柴田は雅春と目が合うと、嬉しそうに目を細めてにこっと微笑みかけてきた。

――ついさきほどまで、彼と過ごした高校での日々を、ぼんやりと思い返していたからだろうか。

制服からスーツ姿へと変わった王子様は、あの頃よりもずっと大人びた男らしい顔つきになっていたけれど、人懐こそうなその微笑みは相変わらずで、雅春はなぜだか目にするたびひどくドキドキしてしまう。

「うん。柴田もおかえり。……なんだか久しぶりだね」

雅春の隣の部屋に、彼が引っ越してきてから早二週間。

最初の挨拶の日以来、柴田とちゃんと顔を合わせたのはこれが初めてだ。

海外支社から本社の営業部勤務となった柴田は、毎日をかなり慌ただしく過ごしているらしい。

SCコーポレーションほどの大手商社ともなれば、取引先との打ち合わせや接待で、営業部は基本、外回りばかりになる。同じ社内にいても、総務部で働く雅春と顔を合わせる機会はほとんどなかった。

時折、社員食堂で彼がラーメンやカレーをかきこむようにして食べる姿を見かけることもあったが、食べ終わった途端、柴田はまた急いで食堂を飛び出していってしまう。

そのため、こんな風に彼の声を聞くのも久しぶりだ。

（……そのせい、かな？）

数日ぶりの再会だからか、嬉しそうに微笑む柴田を見ているだけで、なぜだか気分が落ち着かずに、妙にそわそわとしてしまう。

「ほんとですよね。隣に住んでるのに、顔を合わせる機会がこんなにないとは思いませんでしたよ……」

「営業部はいつでも忙しそうだからね。新しい部署にはもう慣れた？」

「いや、まだまだです。得意先への挨拶回りだの、引き継ぎだのって、あちこち連れ回されてばっかりで。担当者の名前と顔を覚えるのも、やっとこって感じです」

それがただの謙遜《けんそん》だということは、雅春も知っている。

柴田の仕事ぶりについては、実はこっそり川島からも耳にしていた。

社長の三男坊がアメリカ支社から異動してくると聞いたとき、営業部の社員たちは『どうせ甘やかされたボンボンが、社会勉強がてら遊びに来るのだろう』程度に、高をくくっていたらしい。

だが実際に柴田と一緒に働いてみて、その有能さには舌を巻いたという。

柴田は引き継ぎを受けた顧客や得意先を一つ一つ調べて自分なりに分析し、それをさっそく営業の成績へと繋げているらしい。アメリカ仕込みということもあってか、基本強気な姿勢は崩さないものの、穏やかな物腰で引くべきところはちゃんと引き、取引先との交渉をうまくまとめていると聞いている。

『あの坊ちゃん。物腰は柔らかいし、一見のほほんとして見えるけどな。ありゃー、かなりの食わせ物だろ』と珍しくも川島が褒めていたくらいだ。

柴田が『できる男』として周囲からも認められているのは、自分のことのように嬉しかった。

「そういえば、うちまだ引っ越してきてからテーブルも買えてないんですよね」

「え？　じゃあ食事のときはどうしてるの？」

「床の上とか？」

そんなたわいのない話をしながら、寮の階段を二人並んで上っていく。たったそれだけのことなのに、なんだか高校時代に戻ったようで懐かしかった。

「ところで先輩は、買い物に行ってたんですか？」

雅春が手にしていたレジ袋に気付いたらしく、手元をひょいと覗き込まれる。

「あ……今スーパーに寄ったからちょっとだけね。とはいっても豆腐とか、冷凍の枝豆とか、簡単なものばっかりなんだけど。これで味噌汁か、冷や奴《やっこ》でも作ろうかと思って……」

最近のわびしすぎる食生活事情を知られるのは恥ずかしかったが、雅春がレジ袋の中身について説明するとなぜか、柴田は『あー…』となんとも言えない顔つきになり、その眉をへの字に曲げた。

「いいなぁ。そういうの、すっげーうまそうですよね」

「うまそうって……ただの豆腐と枝豆なんだけど？」

「だから、そういうのがいいんですよ。俺なんて日本に戻ってきてからずっと、社内のつきあいだとか、接待ばっかりでろくなもん食べてなくて。……ああいう席だと、基本飲みがメインですしね。寮に帰ってきてからだとなにか作ろうって気にもなれないから、駅前のラーメン屋に寄ったりだとか、コンビニ弁当とかそんなのばっかりになっちゃって……」

どうやら柴田はこの二週間、ほぼコンビニ弁当やカップラーメンなどで食事をすませていたらしい。

見ればたしかに柴田が今、ブリーフケースとともにさげているコンビニ袋からも、カップラーメンとビール缶が数本、透けて見えている。

どうやらそれが、彼の今夜の夕飯メニューらしい。

「……柴田ってさ。昼もラーメンかカレーばっかりだよね」

「あれ？　なんで知ってるんです？」

「何回か、社食で食べてるところを見かけたから……」

「なんだ。なら声かけてくださいよ。ていうか、食堂だとそれが一番てっとり早く出てくるから、楽なんですよね」

そういえば高校時代も、よく学食でラーメンを食べていたことを思い出す。

王子様は食べるものに関しては、結構おおざっぱらしい。

「でも、そういうものばっかり食べてたら身体壊すよ？　外回りは体力使うんだから、ちゃんとしっかり、ご飯や野菜もとらないと」

ここ最近は、自分もたいした食生活を送っていなかった雅春が言える台詞ではなかったが、これだけ体格のいい柴田が、カップラーメンとビールだけで夕食を済ませるなんて、とても足りるとは思えなかった。

「それも分かってはいるんですけどねー。なんていうか仕事帰りに買い物に行って、自分でなにか作るっていうのが、どうにも面倒くさいというか……」

もごもごと言葉の先を濁らせた柴田は、どうやら今も自炊が大の苦手らしい。

それに気付いて、雅春はふっと小さく息を吐き出した。

「あのさ……俺もここ最近ずっと忙しかったし、ろくな食材も揃えてないから大したものは作れないけど。……冷や奴とか、味噌汁とか。そんな簡単なのでよかったら……、これからうちに食べに来る？」

余計なお世話かなと思いつつも声をかけると、柴田は『え？』と呟き、みるみるうちにぱぁっと顔を輝かせた。

そうして、あの人懐こい笑みを浮かべて『是非！　お願いします！』と大きく頷いた。

「いただきます」

味噌汁に口を付けた途端、柴田が『くー…っ』と悶《もだ》えるような声を出したことに驚いて、雅春は慌てて顔を上げた。

「ど、どうかした？」

「いえ。ほんと、腹の底に染みるほどうまいですね」

「そ、そう？　ならよかったけど……」

「こっちのおにぎりも、食べていいんですか？」

「もちろん好きなだけ食べて。ご飯だけはまだたくさん炊いてあるし。なんだかおかずがわびしくって、申し訳ないんだけど…」

「いやいや。もうこの味噌汁とおにぎりだけでも、たまらないご馳走ですよ。いい匂いすぎますって」

小さなワンルームのテーブルに並べられているものは、三種類のおにぎりと、冷や奴とお味噌汁。それから冷凍してあったあじの開き。それだけだ。

高校時代、柴田がおにぎりを褒めてくれていたことを思い出し、白米だけならたくさんあるからと炊いてはみたものの、はたと気付けば中に入れる具材がない。

仕方なく、冷蔵庫に常備してある味噌を取り出すと、雅春は味噌とごまをまぶして軽く炙った、味噌焼きのおにぎりを用意した。

もう一つは、醬油《しょうゆ》を染みこませたとろろ昆布と鰹節《かつおぶし》をおにぎり全体に混ぜたもの。

さらには叩いた梅に、枝豆と刻み生姜《しょうが》をあえたおにぎりを三種類、それぞれ用意すると、柴田はまるで何日も空腹のまま彷徨《さまよ》っていた旅人みたいに目を輝かせ、勢いよくそれにかぶりついた。

かなり大きめに握ってあったはずのおにぎりは、あっという間にぺろりと柴田の胃袋に吸い込まれていく。

粉末出汁で作った、簡単なわかめと豆腐の味噌汁もうまいうまいと繰り返しながら、柴田は二杯もお代わりをした。

相変わらずの食べっぷりには、呆気にとられるばかりだ。本当に美味しそうにおにぎりにぱくつく姿は不思議なほど魅力的で、なぜだか目が離せなかった。

指についたご飯粒を舐《な》めとっていく仕草さえも上品に見えるのだから、しみじみ不思議な男だと思う。

それとも色男というものは、なにをしてもみっともなくは見えないものなのだろうか？

「あれ？　先輩は食べないんですか？」

「あ……いや、食べる。……いただきます」

気が付けば見とれたまま、手が止まっていたらしい。

（そういえば、こんな風に誰かと向かい合って食事をするのも、久しぶりだ…）

「でもまさか先輩が、うちの親の会社に入るなんて思ってもみなかったので驚きましたよ」

「俺も。……まさか柴田みたいな王子様育ちが、こんなボロい寮へ入ってくるなんて思ってもみなかったから、驚いたよ」

言い返すと、柴田は『あはは。相変わらず言いますね』と口を開けて笑った。

屈託のない笑みも、ゆったりとした雰囲気も。柴田のもつ独自のオーラは八年前とまるで変わっていない。

おかげで雅春も気負うことなく、素のままでいられる。

外ではいつも貼り付けているはずの愛想笑いも、ここではまったく必要がない。その緩やかな空気感に、ホッと癒《いや》される気がした。

「あー……ほんと、どれもすごいうまかったです。ご馳走様でした」

「いや、こっちこそたいしたもの作れなくてごめん」

「そんなことないですって。どれもうまくて、ほんと心が満たされるっていうか……。アメリカにいたとき、ときどき無性に美味しいご飯が食べたくなって、たまに奮発して寿司屋に行ったりもしたんですけどね。外国のご飯って基本パサパサしてる上に、中の具にサーモンマヨネーズだとか、フライドチキンとかが入ってるんですよ。なんかもう、これじゃない感がすごくて……」

「そうなんだ？」

「ええ。だからあっちにいた頃はなおさら、先輩が握ってくれたおにぎりのこと、よーく思い出してましたね」

「え……？」

「ほら、前にも言いましたけど、うちの母親は手作りの弁当とか一切やらない人だったので。運動会とか遠足には、料亭で作ってもらったお重とかを持たされてたんです。でも先輩のおにぎりって、毎日その中身が違ってたり、二種類の具が入ってたりしてて、いかにも手作りって感じだったじゃないですか。きっと弟さんたちのことを考えて毎日作ってんだろうなーっていうのが、すごい微笑ましくて」

「……そんなにたいしたもの、作れてないよ？」

「いやいや。……それに一度、俺がリクエストした具が両方入ってたことがあったでしょう？あれ、実はメチャクチャ嬉しかったんですよねー。ガキみたいですけど、そういうのにこっそり憧れてたんで。親に、明日の弁当のリクエストを聞いてもらうってやつ。……あれはほんと、うまかったなぁ」

　そんなにしみじみと言われると、なんだか申し訳なくなってしまう。

　だって……あれはギブアンドテイクというか、ボディガートの報酬として渡していたおにぎりだったのだ。

できたら柴田にも喜んでもらいたいと思って、何度かリクエストを尋ねたことはあったけれど。まさかそんなささやかな出来事を、柴田がそこまで大切に思ってくれていたなんて思わなかったから、柴田の言葉はたまらなく嬉しかった。

なのに――。

思わず空になったテーブルを見渡して、こっそり溜め息を吐く。

数年ぶりに日本へ帰ってきた柴田のために用意できたのが、適当なあり合わせで作ったおにぎりだけだなんて……。

「……あのさ。もし、柴田がよかったらなんだけど…」

「はい？」

「俺、ご飯作ろうか？」

「……え？」

突然の申し出に驚いたのか、柴田が目を瞬かせている。

それにはっと気付いて、雅春は慌てて顔の前で手を振った。

「いや、その本当によかったらっていうか…。あ、でも柴田はいつも帰りが遅いだろうから、たとえばおかずだけ用意しておくとか。そんな適当でよかったらなんだけど……。っていうかさ、俺も一人で料理するとだいたい食材とか、おかずとかいつも余っちゃって。それで消費してくれる人がいたら、助かるっていうか……」

焦ってなにを言っているのか、自分でもよく分からなくなっていく。

ただ久しぶりにこうして、柴田と話しながら、一緒にご飯を食べて。

その心地よい空気に触れていたら、とても楽しくて。今回だけで終わりにしてしまうのが、なんだかどうしても勿体《もったい》なく思えて。

気がついたときにはそう口走ってしまっていたけれど、次の瞬間、雅春はハッとした。

「あ……。でもそれだと柴田の彼女に悪いか…」

その可能性をすっかり失念していたことに、自分でも驚いた。

考えてみれば、彼に恋人がいないわけがないのだ。

なにしろ王子様はよくモテる。かつても『彼女が途切れたことはない』と言っていたし、それはアメリカに行ってからも同じだろう。今は仕事で忙しくしていても、食事を作ってくれる相手には困らないに違いなかった。

なのにたまたま部屋が隣り合わせただけの自分が、先輩面をして『ご飯、作ろうか』だなんて、おこがましいにもほどがある。

(――――なに、血迷ったこと言ってるんだか…)

久しぶりに懐しい後輩と再会した途端、いきなりこんな提案をしてしまいたくなるほど、どうやら自分は人恋しくて仕方がなかったらしい。

「ごめん。余計なこと言った。今すぐ忘れていいから……」

柴田も男の自分なんかと顔をつきあわせて食事するより、綺麗な彼女に作ってもらった手料理のほうがよっぽど……と思いかけたところで、いきなりがしっと両手を掴まれてしまった。

なにごとかと思ってよく見れば、重なってきたのは柴田の手だ。

「メチャクチャいい案ですね！　それ」

「……はい？」

「こんなに嬉しい話はないですよ。先輩の手料理が毎晩、食べられるなんて。もし面倒じゃなかったら、是非よろしくお願いします！　もちろん材料費はまとめて俺が出しますし、かかる光熱費も言ってもらえたら……」

「ま、待った、待って。食費は別に、折半でいいんだけど……？」

「いや、手間賃を考えたら、それでも安いくらいです。食事のことは、俺もいい加減なんとかしなくちゃとは思ってたんで、本当に願ったり叶ったりですし」

「……でも柴田は、本当にそれでいいわけ？」

「なにがです？」

「……柴田の彼女に、悪いっていうか…」

「彼女なんていませんけど？」

「え…？」

予想外の返事に、本気で驚いてしまった。

「でもお前……彼女が切れたことはないって……」

思わずツッコミを入れると、柴田はどこかバツが悪そうな顔で肩を竦めた。

「そんな古い話、もう忘れてくださいよ。あの頃はただのガキだったというか……。そこまで深く考えずに、告白してきた相手が好みだったら軽くつきあったりもしてましたけど。……そういうのはもう、やめたんです。相手にも悪いですし、第一、自分にとってなんの意味もないってことが、よく分かりましたからね」

「へぇ…」

「それに日本に戻ってきて、まだ二週間ですよ？　恋愛なんてしてる暇があるように見えますか？　仕事も忙しいですし……」

「なんか、柴田らしくない台詞なんだけど…」

かつての彼からは考えられないなと思って呟くと、柴田はますますバツが悪そうな顔をして、眉を寄せた。

「いいから、馬鹿《ばか》なガキだった頃の話はもう忘れてください。ほんと恥ずかしいな。……俺だって、本気で好きな人ができれば少しは変わるんです」

視線を外したまま、拗《す》ねた少年のような顔をして彼が呟いた言葉に、ドキリとした。

「……好きな人、いるんだ?」

「いますよ。とはいっても、残念ながらまったく相手にはされてないですけどね」

戸惑いもなくさらりと言い切られて、なんだかますますびっくりしてしまう。

(そっか……。柴田にもそんな風に思える相手が、この八年の間にできたんだ……)

彼もいい大人なのだ。それも当然だなと思う気持ちと、なぜだか急に一人でぽつんと置いていかれたような、そんな心許《こころもと》ない気持ちが同時にこみあげてくる。

「そうなんだ。柴田は……その人とは会ってるの? もしかしてアメリカにいた頃の人?」

詳しく聞くのはなんだか怖いような気がするのに、その相手というのがどんな人物なのか気になって、ついその先も尋ねてしまう。

すると柴田はほんの少し目を細めて、雅春をじっと見つめてきた。

「そういう先輩のほうこそ、どうなんです?」

「え……? 俺?」

まさか、そんな切り返しがくるとは思わなかった。

「付き合ってる人とかいないんですか?」

「俺は……べつに、そういうのは……」

「まさか、今でも『恋なんて不毛だ』とか思ってるわけじゃないですよね? 男のあしらい方もだいぶうまくなったみたいですし」

「……どういう意味？」

「うちの課の川島さんが、よくぼやいてるので。……総務部にいる後輩は、男にしとくのが勿体ないくらいの美人で、手が綺麗で。笑顔もそりゃうっとりするほど可愛いけど、なかなかなびいてはくれないんだって……。あれって、北上先輩のことですよね？　川島さん曰《いわ》く、そのつれなさがまたいいそうですけど」

（――あの人は、なに余計なこと言ってるんだ）

川島にはあとで、あまりおかしな噂を流すなと、釘を刺しておかなければ。

「そんなの、川島先輩がふざけて言ってるだけで……」

「別に、川島さんだけじゃないですよ。他の人からも似たようなこと聞きましたし。男にも女にもいつもにっこり笑って愛想がいいのに、飲みに誘っても絶対頷かないつれない総務部の君の噂話。先輩、昔はまったく愛想がなかったのに、今ではそんなによく笑うようになったんですね」

（……なんなんだ。その噂話は）

「だって……それは、柴田が言ったんだろ？」

「俺が、なにをです？」

「いつも逃げ回ってばかりいないで、にっこり笑って『ごめんね』って躱せばいいって。そのほうが変に揉めなくて済むっていうから……」

実際にやってみたら、そのやり方は驚くほど効果があった。

柴田の言うとおり、びくついて相手から逃げ回るよりも、笑って『ごめんね』と素直に断ったほうが、相手もスッと引いてくれることが多いと分かった。

川島のようなタイプと軽口を叩いてつきあえるようになったのも、そのおかげだと思う。きっと昔の自分だったら、ただ逃げ回るだけだっただろうから。

おかげで今では愛想笑いも上手になって、仕事でも実に役立っている。

なにか揉め事が起きたとき、頭ごなしに相手に注意するよりも、にっこり笑いながらお願いしたほうが、ことがスムーズに運ぶのだ。

なのになぜかそのやり方を雅春に勧めてきた本人は、唖然とした顔でこちらをまじまじと見つめてきた。

「まさか、俺が言った言葉のせいで……今でも、そうしてるってことですか？」

当の本人からそんな風に驚かれると、なんだか居心地が悪い。

それでもコクリと頷くと、柴田はなんとも言えない顔つきになって、はぁっと肩で息を吐き出した。

「……なんだ。そうでしたか。俺はてっきり……」

「てっきり……なに？」

「いえ……。そういえば、北上先輩って川島さんとは仲が良いんですね」

「え？　ああ。同じ大学出身だからね。川島先輩はああいう人だから、誰とでも親しくできるっていうか……」

特別、自分だけが親しいわけじゃないと伝えたのだが、なぜか柴田は一瞬、眉を寄せて『川島先輩、ね…』と呟いた。

「なに？」

「いえ。じゃあ早速、明日から食事の件、お願いしてもいいですか？」

「え……。本気で？」

「もちろん。俺も接待とかがないときにはなるべく早く寮に帰ってきて、支度とかを手伝いますから」

「それは別にいいんだけど……」

「やった！　じゃあ俺も、マメに連絡入れるようにしますね。だいたい何時頃戻れるとか、遅くなりそうなときとかはあらかじめ報告しますから」

「あ、うん」

『連絡先は変わってないですよね』と確認をとられ、慌てて頷く。

「じゃあご馳走になったお礼に、茶碗は俺が洗いますね」

「え、いいよ。そんなこと柴田がしなくても。本当にたいしたものは作ってないし」

「いや、それぐらいやらせてください。せめてものお礼として」

そう言い切られては、うかつに手を出せない。

アメリカでも皿洗いのバイトをしたことがあると話していた柴田は、手際よくキッチンの周りを片づけると、『ご馳走様でした』と玄関先で靴を履いた。

「じゃあまた明日。よろしくお願いします」

「ああ。うん。……また明日」

そんな挨拶も実に八年ぶりのことで。『また明日』なんてささやかな言葉のやりとりに、なんだか胸のあたりがこそばゆくなってくる。

軽く手を振って部屋から出ていった大きな背中を見送りながら、雅春は小さく息を吐いた。

(そういえば、柴田の好きな相手のこと……聞きそびれちゃったな)

相手はきっと、アメリカにいたとき知り合った女性なのだろう。今一人ということは、その女性と柴田は別れて日本に戻ってきたんだろうか……。

そんなことを考えているうちに、机に置かれていたスマートフォンが、小さくメールの受信音を奏でた。見れば送信者は、たった今別れたばかりの柴田からだ。

『今日は本当にご馳走様でした。味噌おにぎり、最高にうまかったです。梅干しと枝豆も、オカカのおにぎりも。すかすかだった腹と心に、ものすごく染みました。おやすみなさい』

「……柴田」

交したばかりの小さな約束と、お礼のメール。

ガランとした小さなワンルームの中で、それが妙にほんわかと温かく感じられた。

同時に、たった今別れたばかりだというのに、なぜだか今すぐ柴田と話がしたくなって困ってしまう。

（……ただ、隣の部屋に帰っただけなのに）

柴田とゆっくりと話をしたのが八年ぶりだったからだろうか。やはりまだ少し、話したりなかったのかもしれない。

別に焦らなくていい。『また明日』と約束したように、彼とはこれから毎日話もできるし、ご飯を一緒に食べることもできるのだから。

（なんか高校のときみたいだ…）

あの頃も、雅春は柴田と一緒にご飯を食べる時間が楽しくて、毎日、昼休みになるのが待ちきれず妙にそわそわとしていた。

雅春は今すぐ彼に電話したくなる気持ちを抑えこむと、『こちらこそ片づけありがとう。おやすみなさい』とメッセージを入れ、ゆっくりと送信ボタンを押した。


それからというもの、柴田《しばた》とは夕食を一緒に食べる機会が増えた。

さすがに毎晩一緒というわけにはいかなかったが、帰りが早い日は、必ず柴田は雅春《まさはる》の部屋へと顔を出した。突然の残業などで柴田の帰りが遅くなった日は『すみませんが、夕食は俺の部屋に置いといてくれませんか』と頼まれることもあり、彼の部屋の鍵まで預かることになってしまった。

柴田は基本的に好き嫌いがないらしく、出されたものはなんでも美味《おい》しそうによく食べる。その旺盛な食欲に刺激されて、雅春も再び色々と食材を買い込むようになり、レパートリーには新たなメニューも増えた。

柴田は『誰かが自分のために作ってくれた料理って、ほんとにうまいですよね』と褒めてくれたし、また誰かとともにとる夕食の時間は雅春にとってても楽しかった。

そんなある日、いつものように柴田と夕食を囲んでいた雅春は、柴田が持ちこんできた缶ビールに、自分も口を付けてみた。

自宅で晩酌したことなどこれまで一度もなかったが、気を使わない相手と差し向かいで食事をとりつつ、お酒を飲むのは楽しかった。

柴田が越してくるまではずっと、一人きりのわびしい食事ばかりをしていたからなおさらだ。

こんなに気分がよくて、なんだかふわふわとしているのは、アルコールのせいなんだろうか？

「そういえば先輩、最近、弟さんたちには会えました？」

「……え？」

「寮に入ってからあまり実家に戻ってないって、前に話してたでしょう。あれから家には帰ったんですか？」

「……まだ、だけど…」

「あれ、そうなんですか？　たしか弟さんたちってまだ高校生ぐらいでしたよね？　あまり会わないままだと心配になりませんか？　っていうか、先輩があの可愛《かわい》がってた二人を置いて、よく会社の寮に入ろうなんて思いましたよね」

深くつっこまれて、ぐっと声を詰まらせる。

できればそのあたりのことは、あまりつっこんで欲しくないのだが。

「……別に、平気だよ。だいたい弟たちのほうから、『そろそろうちから出たら』って言ってきたぐらいだし」

「どうしてです？」

「さぁ。……俺がずっと口うるさく、色々と言いすぎてたせいかもね」

ぼそりと呟くと、柴田はきょとんと目を瞬《またた》かせた。

「まさか……そんなことぐらいで、あれだけ可愛がってた弟さんたちが『家から出てけ』とか言ったりしますかね？」

雅春の弟たちへの溺愛《できあい》っぷりを、柴田も覚えているのだろう。

あれだけ仲が良かったのに……と、どうやら信じられないらしい。

（……そんなの、俺だって信じられなかったけど。仕方ないじゃないか）

「別に出てけとか……はっきりそう言われたわけじゃないけど。忍《しのぶ》君の高校入学が無事決まった途端、祥《しょう》君と二人揃《そろ》って『そろそろ兄ちゃんもいい年なんだし、うちを出て独り立ちしたら？』とかいきなり言い出して……。なんか、俺が口を挟む余地とかもなくて……」

正直に言うと、あれはかなりの衝撃だった。

あのどうしようもない母や、あまり頼りにならない父に代わって、これまでずっと弟たちの世話をしてきたのは、雅春だったのに。

二人とも大きくなって自分の手を離れた途端、まるで『もう必要ないよ』とでもいうように、『家から出たら』と言い渡されるなんて思ってもみなかった。

初めは『なに言ってるだよ。忍君も祥君もまだ高校生だろ。二人が無事大学を卒業するまでは、俺も家にいるつもりだから』と断ったが、二人は『ええ？　そんなに家にいるつもりなの…？』と弱ったように顔を見合わせた。

あれも正直、すごいショックだった。

たしかに二人のことにはこれまで色々と口を出しすぎていたかもしれないが、それも長男として心配だったからだ。なのにまさかそこまで邪険にされるだなんて。

しかもいつもはのほほんとして、あまり頼りにならないはずの父までもが、『そうだね。春《はる》君ももう社会人なんだし、そろそろ独り立ちしたほうがいいね』などと言い出し、気が付けばあれよあれよという間に、雅春が家から出ることは決まってしまった。

そうして今年の春から、雅春は寮に入ることになったのだ。

寂しがり屋だったはずの祥平《しょうへい》にまで、『じゃあ、春兄。元気でねー』と笑って手を振られたときは、なんだか家族中から見捨てられてしまったような気がして、一人になってからこっそり泣いてしまったのは内緒だ。

以来、弟たちとはメールや電話だけなら毎日のようにしているけれど、この三カ月、雅春はまだ一度も家には帰っていない。一人暮らしを始めてすぐ、ホームシックにかかってるなんて思われたくなかったし、なにより『そろそろ弟離れして、独り立ちしなよ』と言われてしまったことへの、意地もある。

「なんだ。それで拗《す》ねてたんですか」

優しく笑いながらも痛いところを突かれて、雅春は手にしていたビールをごふっと吹いてしまった。

「ち、違うってば。別にそんなんじゃなくて……」

「違わなくないですよ。別にそんなことで意地になんてならなくても。うちなんてガキの頃から、『自分の進路は自分で決めなさい』って寄宿舎に入れられましたよ？」

言われてはっと思い出した。

そういえば、柴田はずっと小さな頃から親元を離れて、イギリスの寄宿舎にいたのだ。アメリカに留学していた間も、ずっと一人暮らしだったと聞いている。

なのに自分は社会人になっても、実家にしがみついていた。いくら弟たちが心配だったからとはいえ、彼から見たらたしかに甘えもいいところだなと、急に恥ずかしくなってくる。

「先輩のお父さんが『独り立ちしたほうがいい』って言ったのは、親心からでしょうし。弟さんたちだって、三カ月も先輩の顔見てないなんて、寂しがってるんじゃないですか？」

「……別に、そんなことはないと思うけど。メールの内容だって、今日の夕食になに食べたとか、忍君がこれ作ってくれただとか、そんなことばっかりだし……」

祥平からは『今夜は忍特製のあじフライでした。タルタルソースが絶品で、すっげーうまかったよ。春兄も一度は食べたほうがいいよ』などと写真つきのメールが送られてくることはあっても、『寂しいから、たまにはうちに帰ってきて』などと言われた覚えは一度もない。

それどころか、自分がいなくなっても弟たちの生活は十分に楽しそうに見えて、なんだか切なくなってしまった。

（……こっちは毎晩この狭い部屋で一人きり、ずっとわびしい食生活だったのに）

あじフライの写真つきメールを見せながら説明すると、柴田はなぜか『あははは』と肩を震わせて大きく笑い出した。

「すっごい可愛いじゃないですか」

「はぁ？　これのどこが？」

「そりゃ、自分たちから『独り立ちしたほうがいいよ』なんて送りだした手前、『寂しいから会いに来て』とは言いにくいんでしょうしね。だから、こうして食べ物で釣ろうとしてるんじゃないですか？」

「……」

まさかと思いつつも、もう一度、祥平から送られてきたあじフライの写真とメールをじっと眺める。

……これまでは一度として、そんな風に考えてみたことはなかったけれど、言われてみればたしかにそう読めなくもないメールだ。

「たまにはその思惑に乗って、顔を見せに帰ってあげたらどうですか？」

クスクスと楽しげに笑う柴田の言葉が、なぜかゆっくりと心の奥まで染み渡っていく。

雅春は彼の言葉ごと飲み干すように、手の中のビールの缶をぐいと呷《あお》った。

「北上《きたがみ》先輩？　あの、そんなところで寝ないでくださいね？」

「んー…？」

揺さぶられてふと目を開ければ、皿や空き缶が並んでいたはずのテーブルの上は、いつの間にか綺麗《きれい》に片付けられていた。

シャツの袖を捲《まく》った柴田が、心配そうな顔をしてこちらをじっと見つめてくる。それをぼんやりと見つめ返しながら、雅春は目を擦《こす》った。

どうやら柴田が、片付けてくれたらしい。

全部やらせて悪いことしたなぁと思いつつ、なんだか身体《からだ》を起こすのが億劫《おっくう》で、雅春は再びテーブルにぺたりとその頬《ほお》をくっつけた。

「もしかして……先輩って、アルコールにかなり弱いほうですか？」

「……ん…」

問いかけにコクリと頭を動かす。

柴田は『なら、無理してつきあわなくてもよかったのに』と眉を寄せていたが、雅春としても、こんな風に気持ちよく酔っ払えたのは久しぶりだ。

ふわふわとした感じが心地いい。

「……なんでかなぁ？」

呟きとともに、熱い息をふっと吐き出す。

「なにがです？」

「んー……。柴田と会うとさ……なんか、いつも……ここのあたりが、ほかほかするんだよね」

言いながら雅春が胸のあたりを押さえると、柴田はちょっとだけ困ったような顔をしてみせた。

「……そう、なんですか？」

「…うん…」

火照《ほて》った頬をテーブルにペタリと押しつけたまま、じっと目の前の男を見つめる。

柴田はなぜかそれに少しだけたじろいだような顔で、すっと視線をそらした。

「それって……どういう意味ですか？」

「どうっ…て？」

「俺と会うたび、胸のあたりがほかほかするって……今、言いましたよね？」

「言ったけど…？」

それがなんだというのだろう？

いきなり真顔になって膝《ひざ》をついた後輩に、雅春は小さく首を傾《かし》げた。

「それって……どういう意味ですか？」

どうと聞かれても、うまい言葉は見つからない。

雅春自身、どうして柴田といるとこんなにもリラックスした気持ちになれるのか、昔からよく分からないままなのだ。

しかも八年経《た》って、その感覚はますます強くなった気がする。

長いこと探していた探し物をようやく見つけたような。そこにいて当たり前の存在が、手の中に戻ってきたかのような。

「……どういう…って？」

「じゃあ、言い方を変えますね。その胸のほかほかは、弟さんたちと一緒にいるときにも感じたりしますか？」

「ああ……そういえば…、たしかに……それに似てる…かも？」

弟たちの仲睦《なかむつ》まじいやりとりを見ているときも、たしかに胸がほかほかする。

でもそれとこれがまったく同じものかと言われると、なんとなく違っていて……。

しかしそれを言葉にしてうまく説明ができないまま雅春が首を傾げると、柴田はなぜか
『……そうですか』と呟き、大きく息を吐き出した。

「ともかく、そんなところで寝てたら風邪を引きますから。ベッドに移動してください」

たしかにさっきから瞼《まぶた》が重くて、そろそろ限界が近い。

なんとか立ち上がろうとしてみても力が入らず、再びテーブルに突っ伏してしまう。

ふいに雅春は、強い力で身体が引き上げられるのを感じた。

ふわふわとした浮遊感に、目眩《めまい》を覚える。

「ふぇ……？」

「いいですから。先輩はそのまま眠っててください」

どこか遠くから、懐かしい男の甘い声が降ってくる。

（この声、すごく安心する……）

雅春はその優しい声に導かれるようにして、ふっと意識を手放した。


久しぶりに地元駅へと降りたつと、雅春は実家に向かって歩き出した。

会社帰りに、弟たちのところへ寄ってみようかと雅春が素直にそう思えたのは、昨夜、柴田とあんな話をしたからだろう。

今朝、目が覚めたとき雅春はちゃんと自室のベッドで寝ていたが、柴田がいつ帰ったのかはよく覚えていなかった。

記憶をなくすほど酔うなんて恥ずかしい。次に柴田に会ったときは、ちゃんとお詫《わ》びを言わなければ。

だがその前に、ずっと気になっていたことを先に片付けてしまおうと思い立ち、雅春は弟たちの好きなケーキを手土産《てみやげ》に、家へと向かった。

天真爛漫《てんしんらんまん》で愛らしい祥平と、意地っ張りだが義理堅くて、家族想いの忍。

どちらも雅春にとってはかけがえのない家族であり、実家を出たからといって、その絆はなにも変わらないのだ。

なのに意地を張って、これまで三カ月も彼らと会わずにいたのがバカみたいだ。

久しぶりに二人と会えると思うと、足取りまで軽くなっていくのが分かる。

だがいつもの角を曲がったところでふと足を止めた雅春は、長年暮らしたはずの実家をじっと眺めた。

(なんで、家の明かりが点《つ》いてないんだろう?)

夕方過ぎのこの時間帯なら、いつもは忍がそろそろ夕食の支度を始めたり、祥平がリビングで洗濯物を畳んだりしているはずなのに。

(――そういえば忍君、最近委員会に入ったってメールで言ってたっけ…)

もしかしたらそうした集まりで、遅くなっているのかもしれない。祥平もバドミントン部に所属しているため、練習試合で帰りが遅いこともある。

「なんだ。二人とも、まだ家に帰ってきてないのか……」

せっかく二人を驚かせようとして、早めに会社を出てきたのに。

(……仕方ないか。二人とも高校入ってから、色々と忙しそうだもんね)

なら今日は久しぶりに自分が夕食を作っておいてあげようと思いつつ、玄関扉に手をかけた雅春は、すでに扉の鍵が開いているのを見て首を傾げた。

やっぱり誰かもう先に帰ってきているらしい。ならどうして、家には明かりが一つも点いていないんだろう。

扉を開け『ただいま』と声をかけようとしたそのとき、雅春はふとリビングのほうから微《かす》かな物音が漏れてくるのに気が付いた。

「……ん…」

勘違いではない。たしかに呻《うめ》くような声と、ソファが軽く軋《きし》むような物音がしている。

（もしかして……父さん？）

いつもは大学に籠《こ》もりっぱなしの父だが、出張後などは早い時間から帰宅して、そのままリビングのソファでうたた寝していたなんてことは、過去にもあった。

もしそうなら起こしてしまったら可哀想《かわいそう》だ。雅春はそうっと靴を脱いで玄関を上がると、ケーキの箱をキッチンのカウンターに置いて、リビングの扉を押し開けた。

予測どおり、暗いリビングのソファには人影が寝そべっていた。

だがおかしなことに、ソファの上の影は一つだけじゃないようだ。薄暗い部屋の中で、二つの影が絡みつくようにして身を寄せ合っている。

それにぎょっとして、雅春は慌てて壁にあったリビングのスイッチをぱちりと入れた。

「……っ？」

途端、部屋の中がぱっと明るくなる。

だがそこで信じられない光景を目《ま》の当たりにした雅春は、呆気《あっけ》にとられ、そのまま声を失った。

「は、春兄っ!? い、いきなり…どして……?」

（——なに、これ…？）

突然の乱入者に驚いたようにソファからばっと起き上がったのは、父ではなく、次男の祥平だった。

「祥君こそ……そこで、なにしてたの？ ……それに、匡君《たすく》まで…」

ソファの上にいたのは、祥平一人だけじゃなかった。弟の上にのし掛かるようにして重なっていたのは、雅春とも顔見知りの人物だった。

「雅春さん…。こんばんは、お邪魔してます」

気まずそうにソファから起き上がった匡は、雅春に向かってぺこりと頭を下げた。

隣人の瀬川《せがわ》匡のことなら、雅春ももちろん幼い頃からよく知っている。

礼儀正しく、責任感もある青年だ。祥平と同い年とは思えないくらいにしっかりとしていて、どこか天然気味な次男のことをいつも助けてくれていた。

うちへの出入りはいつでも自由だし、祥平とはまるで兄弟のように育ってきた。いわば雅春にとっても、第三の弟といってもいい差し支えのない人物である。

その二人が揃って、今なにを……。

（――キス、してた…よね？）

互いに顔を寄せ合い、ソファの上で絡み合うようにして……。

しかもよく見れば祥平の制服のシャツはかなりはだけており、その乱れた衣服に気付いて、雅春はまた激しいショックを覚える。

「え……なにこれ。どういうこと……？」

なぜ二人はキスなんてしていたのだろうか？　しかも……かなり熱烈なやつを。

いくら天使のごとく可愛らしく見えても祥平は男だし、匡だってもちろんそうだ。なのに……どうしてその二人が、キスなんてしてるんだ？

「……春兄。あの、さ……」

「祥。ちょっと待った」

あまりのショックに思考がついていかない。

呆然と立ち尽くすばかりの雅春の前で、匡はすっと身を起こすと、いきなりテーブルに手をついてがばっと頭を下げた。

「雅春さん。突然、驚かせてすみません。……実は俺と祥平は恋人として、真剣な気持ちでつきあっています」

「……………」

そんな風に深く頭を下げられても、驚くばかりで言葉はなにも出てこなかった。

匡は真顔のまま、なにをおかしなことを言っているんだろう？

「あの……ごめん。……春兄には、なかなか言えなかったんだけど。匡の言うとおりなんだよ。俺と匡は恋人として、ずっとつきあってて……」

だが急におかしなことを言い出したのは、匡だけじゃなかった。

無言で頭を下げ続ける恋人を庇《かば》うように隣によりそった祥平は、固まっている雅春に向かっておずおずとそう口を開いた。

「……ずっと？　ずっとって、いつから……」

「ええっと……高校に入る、ちょっと前ぐらいから？」

くらりとした目眩を覚える。

（――嘘《うそ》だろう。それって、もう二年以上も前の話じゃないか…）

「……信じられない」

思わず、本音が口から零《こぼ》れ落ちた。

二人とも仲が良い幼馴染《おさななじ》みだと、これまでずっとそう思っていたのに。

それに今時の高校生にしてはかなり幼いと思っていたはずの弟が、自分に隠れてこっそりと恋人を作っていただなんて、とても信じられなかった。

しかも相手は同性の、幼馴染みだ。

その気の強い中身を裏切って、祥平の見た目が天使のように愛らしいことは近所でも有名な話で、おかげで子供の頃から変質者や、おかしな連中に目を付けられることも少なくなかった。

そんな危なっかしい弟を、匡はいつも率先して守ってくれていたはずではなかったのか。

「……匡君、だいたいどうして君が？　ずっと祥君のことを、守ってくれていたんじゃなかったの？」

「すみません……」

問いただしても、匡は頭を下げたまま顔を上げようとしない。

「だいたい……二人とも男同士なのに、どうしてそれで真剣だとか、つきあってるとか言えるの？　おかしいよね？」

さらにきつい質問を投げかけると、その隣で祥平が弾かれたようにぱっと顔を上げた。

「べ、別に、おかしくなんかないだろ！　俺…俺と、匡は、本当にお互いが好きだったから……っ」

「祥君はちょっと黙ってて！」

「は、春兄……」

ぴしゃりと言い切ると、祥平が驚いた様子で目を瞬かせた。普段、おっとりとしている雅春の大きな声など、これまで聞いたことがなかったせいだろう。

弟がショックを受けているのは分かったが、今はそれ以上に、雅春自身のほうが激しく動揺していた。

そんな二人のやりとりを聞いていた匡が、そのとき初めて、伏せていた顔を上げた。

「雅春さん。祥とずっと隠れてつきあっていたことは、謝ります。驚かせてしまったことも。それから結果的には、雅春さんの信頼を裏切ってしまったことも……。でも俺は、子供の頃からずっと祥のことが誰よりも好きでした。たとえ男同士でもその気持ちは変わりありません。誰から聞かれても、俺は祥のことを一番好きな恋人だって、胸を張って言えます」

真っ正面からそう言い切られた瞬間、雅春はふいに胸のあたりに大きな岩が詰まったかのように、息苦しくなるのを感じた。

（――なんで、そんなこと言うんだ……）

好きだとか。本気だとか。

そんなあやふやな感情なんて、どうせいつかは冷めてしまうものなのに。

しかもあまりにも迷いのない、そんなまっすぐな目をして。

「……匡君。悪いんだけど、今日はもう帰って」

全てが突然のことすぎて、思考が追いついていかない。

ここでずっと匡たちと言い争っていたところで意味などないし、今はお互いに距離をおいて、一度冷静になったほうがいいだろう。

「いきなりそんな……男同士で真剣につきあっているとか言われても、簡単に納得できないのは分かるよね？　ましてや賛成なんて、とてもじゃないけどできそうもない。……匡君のことは、ずっと信頼して祥君のこと任せていた分、なおさら裏切られたみたいな気分だよ」

「春兄っ！」

我ながら辛辣《しんらつ》な言葉だなとは思ったが、それが本音だった。

兄からのきつい言葉がショックだったのか、『帰れ』と言われた匡よりも、隣にいた祥平のほうがさっと顔色をなくして息を呑《の》む。

「……分かりました。すみません。今日は帰ります」

「匡っ！　なんで匡が、帰らなくちゃいけないんだよ！」

「いいから。祥はなにも心配しなくていい」

「でも……っ」

ぐずる祥平の頭を、匡は優しく笑いながらくしゃりと撫《な》でた。

その労《いたわ》りあうような眼差《まなざ》しに、雅春の胸の奥にちりっとした痛みが走る。

「改めて出直してきます。……雅春さんの気持ちが落ち着いたときにでも、できたらもう一度、ちゃんとお話しさせてください」

それだけ告げると、匡は再び雅春に向かって深く頭を下げ、北上の家から出ていった。

匡がいなくなった途端、それまで張り詰めていた空気がふっと緩み、溜《た》め息を吐《つ》く。

だが祥平は、今のやりとりがどうしても納得いかなかったらしく、雅春に縋《すが》り付くようにして詰め寄ってきた。

「なんでっ、なんで春兄、匡にあんなこと言うんだよ！　匡はいつでも、俺のこと大事にしてくれてんのに…っ」

「……大事にっていうのは、保護者の目を盗んで、二人っきりでこそこそしながらつきあうことなの？」

すぱっと切り込むと、祥平ははっと息を呑み、黙りこんでしまった。

「……春兄…」

「まさかとは思うけど。……二人で隠れてイチャイチャするために、俺にさっさとこの家から出ていけって言ったわけじゃないよね？」

苛立《いらだ》ち紛れについ余計なことまで口にしてしまった途端、さっと祥平の顔色が青ざめるのが分かった。

言いすぎたということはすぐに分かったが、雅春としても、今はまだ衝撃から抜け切れておらず、フォローの言葉をかけることはできなかった。

「なんで……なんで、そんなひどいことばっか、言うんだよ…？」

弟の大きな瞳には、涙がじわじわと滲《にじ》み出している。

それに絆されそうになるのをぐっと堪《こら》えて、雅春は手のひらで額を押さえた。

「あのね……さっきも言ったとおり、二人とも男同士なんだよ？　そのことは本気で分かってるの？　……祥君はもともとちょっと天然なところがあるし、あまり気にしてないのかもしれないけど。世間から見たらなんて言われるのか……。だいたい、匡君も匡君だよ。しっかり者の彼がそれぐらい分からないはずないのに、祥君まで巻き込んで……」

言い終わる前に、ボスッと大きな音が部屋中に響き渡った。

見ればソファに並べてあったはずのクッションが、床に叩《たた》き付けられている。それを投げつけたのが目の前の弟だと知って、雅春は言葉を失った。

「俺は……っ匡に巻き込まれたわけじゃない！　俺が…ただ匡を好きになって、匡も俺を好きになってくれて……それだけじゃんかっ。なのに、匡のせいみたいに言われたくないよ。……それに世間なんかどうだっていいだろ⁉　今までだって、うちの世間体がよかったことなんかないじゃんかっ」

「祥君……」

「俺だって……そんなのすごい考えた！　匡は俺なんかより、ずっとずっと頭がいいから、きっともっとたくさん、考えたんだと思う。だから……、だから、俺のことも何度も突き放そうとしたんだって。匡、泣いてた…っ。勝手でごめんなって、何度も謝ってた…っ」

涙まじりの弟の訴えに、雅春ははっとして息を呑みこんだ。

（……そういえばたしか高校に上がる少し前、珍しく二人が長い間ケンカをしてた…）

これまでケンカしてもすぐに仲直りしていた匡と祥平が、そのときに限っては一カ月経っても、二カ月経っても、別行動だった。

その間、匡から無視され続けていた祥平はみるみるうちに憔悴《しょうすい》していき、ひどく荒れていたことを思い出す。

つまり……あれは、そういうことだったのだろうか？

「隠れてこそこそつきあってたのはたしかに悪かったとは思うけどっ。でも……どうせ本当のこと話したって、そうやって春兄は反対するじゃんかっ。だから、なにも言えなかったんだろ！」

弟の細い肩が、小刻みに揺れている。

限界まで盛り上がっていた涙が、ぽろりと大きく一粒、頬に溢《あふ》れ落ちた。

「祥君……」

その姿を見ていたら、ひどく胸が痛んで、雅春は慌てて祥平の肩へと手を伸ばした。

だがその指が祥平の肩に触れるか触れないかといったところで、さっと振り払われてしまう。

「なのに……匡のそういう気持ちも、俺の気持ちもまるで無視して……、嫌なことばっかり言う春兄なんて、大嫌いだっ！」

祥平は溢れた涙をごしごしと手の甲で擦ると、逃げるようにしてリビングを出ていった。

振り払われてしまった行き場のない手と、投げかけられた厳しい言葉。

それを雅春はどうすることもできず、ただ呆然とその場に立ち尽くすしかなかった。


「なに落ち込んでるんです？」

いつものように向かい合って夕食をとっている途中で、ふいに柴田から顔を覗《のぞ》き込まれて、雅春ははっと顔を上げた。

ぼんやりとしたまま、いつの間にか箸が止まっていたらしい。

「別に……」

「別にって……目も赤いですよ。もしかして、昨日あまり寝てないんじゃないですか？」

のほほんとしているように見えて、柴田はかなり鋭い。

項垂《うなだ》れたように俯《うつむ》くと、柴田はさらにこちらの顔を覗き込んできた。

「実家のほうでなにかありましたか？　たしか昨日は弟さんたちに会ってきたんですよね？」

柴田には昨日、『今日は久しぶりに実家に顔を出してくるので、夕食はまた今度にしてください』とメールを打っておいた手前、誤魔化《ごまか》すことは難しいらしい。

仕方なく、雅春は箸をそっとテーブルに置くと、溜め息を吐き出した。

「昨日……久しぶりに実家に戻ってみたら……」

「はい」

ぽつりと口を開くと、柴田は頷《うなず》いてその先を促してきた。

「……祥君に、……彼氏ができてた」

口にした途端、食卓にシーンとした沈黙がおちる。

「それで？」

だが次の瞬間、なんとも不思議そうな声でそう尋ね返してきた柴田に、雅春は慌てて顔を上げた。

「は？　それで……って……？」

「え、まさかそんなことぐらいで、弟さんとケンカしてきたんですか？」

「そんなことぐらいって……」

「だって先輩だって、過去に彼氏ぐらいいたじゃないですか」

言われて一瞬、言葉を失う。

「か、彼氏って……もしかして、柴田のこと？　でも柴田とのあれと、弟のそれとは全然違うだろ」

「あんまり違いはないと思いますけど。お昼休みに一緒にご飯を食べたり、放課後は待ち合わせて一緒に帰ったり。ああ、そういえば一度だけ、夜の学校の屋上でこっそりとデートをしたこともありましたよね？」

まさか、あのときのことを持ち出されるとは思わず、ポカンとしてしまう。

「いや、だからあれは……かりそめの話だっただろう？　それに……別に、柴田とはやましいことなんて、なにもなかったし……」

「なら弟さんは、やましいことがあったんですか？」

突っ込まれて、ぐっと声を詰まらせる。

あまり言いたくはなかったけれど、ここまできたら今さらかもしれない。

「……キス、してた」

「ああ。まぁ……恋人同士なら、キスくらい普通しますよね？」

「……しかも……結構、濃厚なのを…」

「まさかとは思いますけど、先輩……のぞき見してたんですか？」

「ちが…っ。家に帰ったら、勝手に二人がうちのリビンクのソファでしてたの！」

あのときのショックを思い出すと、今でも頭を抱えたくなる。

まさか弟のラブシーンを、実家のリビングで見せつけられることになるとは思ってもみなかった。しかもその相手というのが、雅春も心から信頼を寄せていた人物なのだから、ショックもひとしおだ。

「うーん。もしかして、その相手の男がひどいヤツだったとか？」

「……違う。まったくそういうんじゃないよ。俺もよく知ってる幼馴染みの子で……、母子家庭で育ったせいか、昔からすごくしっかりしてるし、頭もいいし。近所でも評判の優秀な子なんだけど……」

加えて言うなら、性格もいい。

祥平とはときどき本気のケンカもしているようだったが、それでも最終的にいつも折れてくれるのは、匡のほうだということも知っている。

「なら、しばらく見守ってやったらどうです？　お互いに真剣なら、ほっといても続くでしょうし、一過性のことなら自分たちでなんとかするでしょう。弟さんももう高校生なんだし、子供じゃないんですから」

「なに言ってるんだよ。高校生なんてまだまだ子供だよ。それに……相手はうちのお隣さんなんだ。男同士でつきあってるなんて、相手の親御さんにもし知られたら、申し訳なくて。一体、どんな顔して謝ればいいのか……」

「なんで先輩が謝る必要があるんです？　恋愛なんて、それこそ個人の問題でしょうに」

「二人とも未成年で、男同士なのに？　父さんはこういうことに関してはまったく役には立たないし、保護者の俺が知らんぷりしてるわけにもいかないだろ。……それにどうせ恋愛なんて、一時だけのまやかしなのに、あとで後悔すると分かってて諸手《もろて》をあげて賛成なんてできるわけないいじゃないか」

溜め息まじりに呟いた途端、柴田までなぜか手にしていた箸を、ぱちりとテーブルに置いた。

「先輩は……なんで恋愛が一時だけのまやかしだなんて思うんですか？」

「え？」

問い詰められて、言葉に詰まる。

「先輩がそう考えてしまうのは……やっぱりお母さんの影響ですか？　昔、言ってましたよね。お母さんと愛人が逢《あ》い引きしてる場面を見たことがあるって」

ふいに引き出された過去の話題に、ドキリとして唇をぎゅっと噛《か》み締める。

八年前、柴田とよく図書館で弁当を食べているときや、学校の帰り道に、とめどもなく色々な話をしたことを雅春も覚えている。その際どうして雅春が、そこまで恋愛に否定的なのかという話になり、つい打ちあけてしまったのだ。

これまで父にはもちろん、誰にも言ったことのない秘密を。

あれはたぶん……雅春が、幼稚園に通っていた頃のことだったと思う。お昼寝をして目が覚めると、母の姿がなかった。

昔から放浪癖のある母が、またフラッとどこかへいなくなってしまったのじゃないかと不安に駆られた雅春は、母を捜しに家から飛び出した。

幸い母の姿はすぐに見つかった。だが庭の隅に停《と》めてあった見知らぬ車の中で、母は一人きりではなかった。セールスマンらしき男と抱き合ってキスしていた彼女は、もはや雅春の知る母ではなかった。

恐ろしくなって慌てて逃げ帰り、布団の中で息を殺して寝たフリを続けたけれど。

あの日のことは、父にはとても言えなかった。

それからも似たようなことはたびたびあって、その都度、雅春は見なかったフリをした。

母が男にだらしないことはすでに周知の事実だったが、それでも優しい父をこれ以上、傷つけたくはなかった。

祥平を産んだあと、母が新しい男とともに家に帰らなくなったときは、一抹の寂しさと共に妙にホッとしたことを今も覚えている。……これで父がもう、傷つくことはないのだと。

なぜ誰にも打ちあけたことがなかったこの話を、柴田にだけは話してしまったのか、自分でもよく分からない。

それでもあのとき、黙って話を聞いてくれた柴田に、胸のつかえがとれたような気がしたのだ。

だが今になって、まさかその話を持ち出されるとは思わなかった。

いい年して、いつまでも母との過去にこだわっているなんて自分でも認めたくなくて、むすっと雅春が黙り込むと、柴田は仕方なさそうに、大きく息を吐き出した。

「先輩がお母さんのせいで恋愛アレルギーになったのは、まぁこの際、仕方がないとしても。

その考えを弟さんたちにまで押しつけるのは、どうかと思いますけど」

「べ、べつに。押しつけたいとまでは思ってないよ。ただ……男同士なんて非生産的だし、普通じゃないだろう？　今ならまだ……」

「じゃあ、聞きますけどね。先輩のいうところの生産的な関係って、どんなものですか？」

「え……」

唐突に低い声で問い返されて、言葉に詰まった。

「たとえば、その相手のことを好きじゃなくても、女の子なら無理してでもつきあえってことですか？　キスして、セックスしろって？　その子に心もないのに？」

「そ、そんなことまでは言ってないよ。でもどうせつきあうなら、女の子とのほうが未来はあると思うし……」

「未来って、もしかして結婚とか、子供とか、そういう意味ですか？　ならたとえば、つきあったその女の子が、実は子供ができない体質だと分かったらどうするんです？『その子じゃ未来がないよね』って、別れさせるんですか？」

「………なんで、……そんな言い方…」

柴田がなぜいきなり、こんなことを言い出したのかがよく分からなかった。

いつもなら雅春がなにを言っても目を細めて笑っているはずのおおらかな後輩が、今日に限っては珍しく、怖いぐらいに真剣な眼差しをしている。

「誰もそこまでは、言ってなくて……」

「でも、先輩が言ってるのはそれと似たようなことですよね？　上の弟さんに泣くほど好きな相手がいるって知っているのに、相手が男だと分かった途端、『そんなのは普通じゃないし未来もない。だからさっさと諦めて、その心を殺しておきなさい』って」

「ちが……」

（そんなつもりじゃなかった……）

だが見方を変えれば、たしかにそうとられても仕方がないような発言だったかもしれないと今さらにして気付く。

「もし、人から言われてそんな風に簡単に、誰かのことを好きになったり嫌いになったりできるのなら……誰もが恋愛で苦労なんてしないと思いませんか？」

「……え？」

「恋なんて、自分の頭の中だけでどうこうしようと思ってできるもんじゃないですよ。よく『心が奪われる』って言いますけど……理屈じゃないんです。その人のなにかが自分の心の琴線に触れて、いいなと思ったときには、もう落ちてる。そうなったら、もうおしまいです。その人の声が聞きたくて、ほんのちょっとでも顔が見たくて……、たまらなくなる」

（――そんな感情、自分は知らない）

恋なんて、一生したくないと思ってきたけれど。

それを知らない自分が、まるで世間知らずだと言われているようで、かぁっと耳朶《みみたぶ》が熱くなった。

「名前を呼ばれただけで、死ぬほど嬉《うれ》しくなったり。ちょっと笑いかけてもらえたら、その日一日、有頂天でいられたり。反対に少しでも冷たくされれば、もう世界が終わるんじゃないかってぐらい落ち込んだりもする。つまり……それが好きってことです。そんな風に夢中になれる相手に出会えただけでも、弟さんは幸せなんじゃないですか？」

言葉がなかった。

もともとはっきりものを言う男だというのは知っていたが、面と向かってここまで厳しい意見をされたのは、初めてだ。

それが思った以上にショックだった。突きつけられた言葉が痛いところを突いていた分、なおさら。

「恋愛が……自分の頭じゃどうにもならないなんて、柴田みたいな男にだけは言われたくないけど」

だからだろうか。

気が付けば、そんな言葉が口を突いていた。

「どういう意味ですか？」

「だってそうだろう？　昔から恋愛で困ったことなんか一度もなくて。別れても、またすぐに次の子が控えてて。……柴田はそんな風に、あっさりと次に乗り換えられてるじゃないか。なのにそんな柴田に『誰も簡単に人を好きになったり、嫌いになったりなんてできない』なんて言われても、説得力がないよ」

売り言葉に、買い言葉。分かっていても、一度堰《せき》を切って溢れ出した言葉は、唇から溢れて止まらなかった。

（……あ…）

一瞬、柴田の瞳が痛ましげに眇《すが》められる。

その顔にほろ苦いものが走るのが見え、雅春ははっと我に返った。

（こんなの、ただの八つ当たりじゃないか……）

自分が痛いところを突かれたのがたまらなく恥ずかしくて。柴田を傷つき返すことで、誤魔化そうとするなんて。

「あの…っ」

慌てて謝ろうと口を開きかけたけれど、それよりも早く柴田のほうが先に口を開いた。

「そうですよね。俺みたいに軽くてモラルのない男が、余計なこと言ってしまったみたいで、すみませんでした」

「…柴、田……」

「でも……そんな俺でも、死ぬほど好きな相手からこれっぽっちも相手にされない惨めさぐらいは、知ってます。それでも、どうしてもその人を諦められない気持ちもね」

自嘲気味《じちょうぎみ》に呟くその表情には、いつものような明るさはまるでなかった。

（……どうしよう。柴田のことを傷つけてしまった……）

今すぐ謝らないといけないと分かっているのに。

昔からいつも逃げてばかりいて、最近では愛想笑いで切り抜けることばかり覚えてきたから、こんなときに相手にどう声をかければいいのかも分からない。

「夕飯、ご馳走様でした。片付けてから帰ります」

「い、いいよ。そんなの別に、柴田は気にしなくても……」

「片付けは、俺の分担ですから。先輩はシャワーでも浴びてきたらどうですか」

とりつく島もないとはこのことだろう。

どんなときも鷹揚《おうよう》に笑っていたはずの男が、今ではもうにこりともしない。

視線も合わせず、ただ黙々と皿を片付けていくその後ろ姿を、雅春は途方に暮れて見つめるしかできなかった。

「……」

カチャカチャと音を立てながら無言で皿を洗う広い背中に、雅春は初めて柴田との間に目には見えない分厚い壁のようなものを感じて、一歩も動けなくなる。

今さらながらにこみ上げてきた苦い後悔。それを口の中で噛み締めながら、雅春はじっとその広い背中を見つめ続けた。

『外回りでしばらくは帰りが遅くなると思うので、食事のことは気にしないでください』

今朝、目覚めると同時に届いていた一通のメールを何度も読み返し、雅春は小さく溜め息を吐いた。

（これで断られたの、三度目だ……）

気まずく別れたあの夜以来、柴田とは顔を合わせていない。

次に会ったときにはちゃんと謝ろうとその機会を窺《うかが》っていたのだが、今の時期、営業部は仕事がかなり忙しいとかで、柴田が部屋を訪ねてくること自体なくなっていた。

仕方なく雅春のほうから『よければ部屋に、夕食だけでも運んでおこうか？』とメールしてみたものの、それもこうして遠回しに断られてしまう。

（あのとき、なんであんなこと言っちゃったんだろう……）

今になって苦い後悔がどっとこみ上げてくる。

祥平とのことで落ち込んでいた上に、柴田にまでかなり痛いところを突かれて、ついひどい言葉を返してしまった。

柴田は以前にも、『今は本気で好きな人がいるので、前みたいないい加減なつきあい方はもうしないって決めたんです』とそう言っていたはずなのに……。

事実、日本に戻ってきてからの柴田には女っ気が全くなかった。

社長の息子の上、仕事もできるとあって、社内では当然のごとくモテているらしいが、本人にはさっぱりその気がなさそうで、休みの日ですら雅春と一緒に寮で過ごすことが多かったくらいだ。

それを知りながら、彼を侮辱するようなことを言ってしまったことが、今さらながらにひどく悔やまれた。

（それに、祥君のことも……）

ケンカ別れしてしまった日、扉越しに何度か話しかけてはみたものの、祥平は部屋から一歩も出てこなかった。

あとから改めて『一度、ちゃんと話をさせて欲しい』とメールを送ってみたけれど、『今はまだそんな気になれないから。ごめん』と素っ気ないメールが返ってきただけだ。

兄弟二人が揉めていることに忍もなんとなく気づいている様子だったが、基本、忍は自分からは口を出さず、沈黙を守ったままだ。

（本当に、どうしたらいいんだろう……？）

人づきあいが不得手なせいで逃げてばかりいた自分はこういうときどうすれば仲直りでき

るのか、その方法すらも思いつかない。それが自分でも情けなくなる。

この一週間、雅春はずっと一人心の中で、祥平や柴田からつきつけられた言葉の意味を繰り返し考えてみた。

あのときどちらの言葉もひどく耳に痛かったのは、それだけ二人の言葉が図星をついていたからだ。

(……ほんと、身勝手だったな)

自分はあのとき、身勝手な価値観だけで、祥平と匡がずっと大事にしてきたものをぶち壊そうとしてしまった。

それが弟たちを守ることになるはずだと、勝手にそう信じて。

口さがない親戚から、母や忍のことでキツイ言葉を投げかけられ、彼らの勝手な意見を押しつけられるたび、いつもうんざりとしてきたはずなのに。

結局は自分もあの冷たい親戚たちと、同じようなことをしてしまったのだと思うと、それがひどく情けなくて恥ずかしかった。

匡のことにしたってそうだ。匡は雅春に『信頼を裏切ってしまってすみません』と潔く謝ってくれたが、彼は別になにも裏切ってなんかいない。

むしろこれまでずっと弟を守ってくれていたからこそ、匡は祥平にとってかけがえのない唯一の存在となったのだろう。

なのに自分はそんな二人の話もろくに聞かずに、『普通じゃないことはおかしい』と頭ごなしに反対するしかできなかった。

『春兄なんて大嫌いだっ！』と叫んでいた弟の言葉が、今も胸にズキズキと突き刺さる。

（……嫌われて、当然か…）

柴田にしてもそうだ。なにを言ってもさらさら笑って流してくれるからと、知らぬ間に甘えすぎていた。

あんな風に本音で話し合える人は、これまでの雅春の人生の中で一人もいなかったのに。

柴田といると、いつも温かくて、胸のあたりがほかほかとした。小さな約束や、手料理に目を輝かせて喜ぶ姿。彼のそうしたなにもかもが楽しくて、雅春にとってはかけがえのない人だったのに。

全てを失いかけてから、こんな風にして思い知らされている。

柴田が部屋を訪れなくなってからというもの、狭苦しかったはずの八畳のワンルームが妙に広く寒々しく感じられて、仕方がなかった。

（もうずっと、このままなのかな……）

二度と一緒に食事をとることも、くだらない話をしながら笑い合うこともなく。

そう思った瞬間、胸の奥にちりりっとした痛みが走り抜けていった。

柴田はどこにいっても好かれるし、人当たりもいい。男女問わずよくモテる。

たとえ雅春と会わなくなっても、彼ならば親しい友人などすぐにできるだろう。

向かい合って一緒に夕食を食べたり、くだらないことで笑い合ったりするような相手が。

そうして自分は……彼に存在を忘れられたまま、二度と顔を合わせることもなくなるのか。

「……っ」

（――嫌だ）

ふいに、強い想いが胸の奥からが湧《わ》き起こってきた。

それはかつて雅春が一度も感じたことのないような、強い感情だった。

柴田に、忘れられたくない。

できることならもう一度謝って、許してもらいたかった。

本当はあんなこと思っていない。ひどいこと言ってごめんなさいと、言いたい。

そうして雅春が素直に頭を下げたら、柴田は目を細めて、また笑いかけてくれるだろうか？

あの人懐こそうな笑顔を見せて。

「……すみません。ちょっと出てきますので、誰か来たら受付お願いします」

思い立ったらいてもたってもいられなくなってしまい、雅春は昼休みに入ると同時に、席を立った。

出てきた人でごった返す入り口を抜け、エレベーターを使って営業部の入っている六階へと向かう。

だが営業部の入り口できょろきょろとあたりを見渡してみても、あの大きな背中は見当たらなかった。

「あれ？　北上がうちの階まで上がってくるなんて、珍しいな」

「川島《かわしま》先輩…」

そんな雅春に気付いて声をかけてきてくれたのは、川島だった。

「なんだ？　もしかして、また今月の交通費に抜けでもあったのか？」

「……いえ、そうじゃなくて。あの……営業の、柴田さんはいますか？」

「柴田？　アイツなら朝一でチームのやつらと一緒に外回りに出ていったけど。最近はずっと、川越にできる新営業所のほうにかかりきりだからな。取引先の新工場も近くにできて、そのお祝いも兼ねて今夜は飲み会があるとか話してたような……。ボードにも直帰って書いてあるし、たぶん今日はもうこっちには戻ってこないと思うぞ？」

「そう……、ですか…」

今日はもう戻ってこないらしいと聞き、がっくりと肩を落とす。すると川島は、そんな雅春に首を傾げた。

「なんだよ、もしかしてなにか急ぎの用件か？　ならこっちで連絡を取って電話させるけど」

「……」

「い、いえ、いいんです。仕事とかじゃなくて、個人的なことなので……」

「そうなのか？　なら、柴田にメールでもいれとけば？」

「…そうですね……。そうしてみます」

メールではなんとなく避けられているような気がしたから、直接会って『できれば時間を作ってくれないか』とお願いしたかったのだが。

出鼻を挫《くじ》かれてしまった形になり、途方に暮れてしまう。

「じゃあ……お仕事中のところ、邪魔してすみませんでした」

そう言ってそそくさとその場を立ち去ろうとしたとき、川島が雅春を呼び止めてきた。

「ちょい待った」

「はい？」

「北上って、うちの柴田と仲良かったっけ？　そういや柴田も、なんでだかよくお前の話を聞いてきたな」

「……ええと、寮の部屋が隣になって…」

「は？　アイツが寮に？」

頷くと、川島は『あの坊ちゃん育ちが、なんであんなボロ寮なんかに入ってんだ？』と不思議そうに眉を顰《ひそ》めた。

「本人は、本社に通うのに便利だからって言ってましたけど。待遇も他の社員と変わらないからって……」

「ふーん。つーか、部署が違うのによくそんな話までするようになったなぁ。お前って一見優しげに見えるけど、結構人見知り激しいし、苦手な相手は愛想笑いを浮かべてさっと逃げるタイプだろ？」

さすがにつきあいが長いだけあって、見透かされている。

「柴田はもともと、高校のときの後輩なので……」

「え、マジで？」

驚いたように声を上げられ、もう一度、こくりと頷く。

そこで川島は合点がいったように何度か頷くと、『なるほどね』と呟いた。

「なぁ。北上、今日って、退社後は暇か？」

「はい……？」

「ほら。前から一度は俺と飲みに行くって、そう約束してただろ？　今夜こそどうだ？　俺もなるべく、今日は定時までには上がるようにするからさ」

……川島と、そんな約束をした覚えは一度もないのだが。

だが今夜も柴田は帰りが遅くなるようだし、話をするのは難しいだろう。

だとしたら雅春は今夜もあの狭いワンルームに帰って、また一人きり、ぽつんと食事をすることになる。

以前はそれが当たり前の毎日だったのに、なんだか今は考えるだけでも気がめいった。

「……分かりました。おつきあいしますので、仕事が終わりましたら声をかけてください」

しばらく悩んだあとで雅春が頷くと、川島は『よっしゃ！　じゃあ頑張って仕事は早く終わらせるな』と楽しげに目を細めた。


「ほら、北上。腕、こっちに回して」

「……ん…」

退社後、雅春は川島のおすすめだという洒落《しゃれ》たイタリアンバーに初めて足を踏み入れた。ビールから始まり、勧められるままに口当たりのいいワインにまで口を付けたあたりから、かなり視界がぐらぐら揺れ始めたことは覚えている。

飲んでいる間は、なんだか色々と話をした気がする。飲み慣れないアルコールを口にしたせいで、いつもより少し口が軽くなっていたのかもしれない。

店を出てタクシーに乗り込んだあたりで眠ってしまったのか、気が付けばタクシーは寮の前へと辿《たど》り着いていた。

川島の肩へ腕を回すように促され、素直に摑《つか》まる。そのとき、川島が驚いたような声を上げた。

「あれ？　柴田、お前も今帰りか？」

ぼうっとしたまま顔を上げると、驚いたような顔をしてこちらをじっと見ている柴田と目が合った。

（――――え？）

一週間ぶりの柴田の姿に、胸の奥がジンと熱くなる。

今夜はもう会えないだろうと諦めていたから、その顔を見られただけでも嬉しかった。

「川島さん……。北上先輩は、どうされたんですか？」

だが思わぬ偶然に浮き足立つ雅春とは対照的に、柴田はその顔を顰《しか》めると、これまで一度も耳にしたことがないような低い声を押し出した。

その声に、頭の芯がすっと冷えていく。

（……もしかして、まだ怒ってる？）

「ああ、俺と飲んでるうちに潰《つぶ》れちゃってさ。うちのマンションに泊まらせようかと思ったんだけどな。北上がどうしても寮に帰るってきかなくてさ。仕方ないから、タクシーでここまで連れてきたんだよ」

川島が最後まで説明し終わらぬうちに、つかつかと側《そば》まで歩み寄ってきた柴田は、雅春の腕をぐいと摑んで引き寄せた。

その力強さに、一瞬、びくりと身を竦《すく》ませる。

「そうでしたか。それはどうもお世話をかけました。わざわざ送っていただきまして、ありがとうございます」

雅春のことなのに、なぜ柴田が礼を言うのだろう？

そんなことをぼんやり考えているうちに、摑まれた腕をさらに強く引き寄せられてしまう。

「ここから先は俺が預かりますので。川島さんはもう、自宅に帰ってくれていいですよ」

「いやいや、北上は俺にとっても大事な後輩だしな。部屋まで俺が送ってくよ。お前のほうこそ、外回りから戻ってきたばっかりで疲れてるだろ？」

「川島さんはとっくに退寮された身でしょう？　いわばもう部外者なわけですから、ここまでで結構です。部外者は邪魔ですので、その図々《ずうずう》しい手をさっさと外してもらえませんか？」

「……お前ね。俺は一応、お前の上司にあたるんだぞ？」

「どうせそれ、今だけの話ですよね？」

「……うっはー……。開き直りやがったな。爽やか上品系のツラしてても、絶対お前はそういうタイプだと思ってたよ」

「お褒めいただき、ありがとうございます」

よく分からない言葉の応酬が、雅春を挟んで柴田と川島の間で交されている。

二人ともにこやかに笑っている割には、その言葉尻が妙に刺々《とげとげ》しい気がするのは、雅春の気のせいだろうか？

二人に腕を摑まれたまま、雅春は一週間ぶりに間近で見る柴田の姿をじっと見つめた。

（……柴田だ…）

この一週間、ずっと会いたくて会いたくて、たまらなかった。

その彼が、こんなにすぐ近くにいる。

そう思ったら、なんだか喉の奥からじわりと熱いものがこみ上げてきて泣けてきそうになってしまい、雅春は慌てて柴田の肩にその額を押しつけた。

「ちょっと……先輩？　大丈夫ですか？　もしかして、気分でも悪いんですか？」

雅春が凭《もた》れてきたのに気付いたのか、柴田が慌てて背中に手を回してくる。どうやら具合が悪いと勘違いしているらしい。

心配そうな声と、雅春の背を優しくさすってくれる大きな手のひら。

それが嬉しくて思わず柴田の胸元に縋り付くように身を寄せると、隣にいた川島が『あーあ。……やってられねー』とぼやいて、ぱっと雅春の手を離した。

「仕方ない。今日のところは大人《おとな》しく帰って寝ることにしますか。……んじゃ、またなー」

そう言ってひらひらと手を振ると、川島は振り向きもせず夜の街へと帰っていった。

「お水です」

「……ありがとう……」

ベッドの上に座った雅春は、柴田から差し出されたコップをふらふらする手で受け取った。

「ほら、ちゃんと持たないと零しますよ。……ていうか、なんでそんな状態になるまで飲んだんですか？　お酒は弱いから外ではあまり飲まないって、そう言ってましたよね？」

それほど飲んだつもりはなかったのだが、川島に勧められるまま、ビールからついワインにまで手をつけてしまったことをぽつぽつ話しているうちに、柴田の表情がまた曇っていることに気付く。

どうやらいい年して自分のアルコールの限度量も分からず、飲みすぎて帰ってきた雅春に、柴田は呆《あき》れているらしかった。

（……そういえば先日も、飲んで迷惑をかけちゃったんだっけ……）

そんな自分にしょんぼりと落ち込んでしまう。

いつもの穏やかな笑みが消えた柴田の表情は硬く、とてもではないが『この間はごめん』などと言いだせる雰囲気ではなかった。

次に会えたら、ちゃんと謝ろうと決めていたのに。

「あ、の……。柴田も今日は外回りで疲れてるんだよね？　なのに、迷惑かけちゃってごめん……。俺は、もう大丈夫だから……柴田も部屋に戻って……」

これ以上迷惑はかけたくない。そう思って口を開きかけたのだが、柴田には冷めた視線を向けられただけだった。

「そんなふらふらな人、置いてなんていけませんよ」

らしくもなく不機嫌そうな表情でそう言われてしまえば、それ以上の言葉は思い浮かばずに、雅春はそっとコップの水を口に含む。

「だいたい、どうして川島さんと飲みになんて行ったんです？」

「え……？」

「先輩みたいにぽやっとした世間知らずが、川島さんみたいな男の前で隙を見せたりしたら、どうなるかくらい想像がつくでしょう？」

「……隙？」

「そうですよ。あの人が先輩のことをずっと狙ってるなんて、周知の事実じゃないですか」

「え…や…、あれは違うよ。川島先輩はもともと、ああいうノリが好きなだけで…」

川島が遊び人であるのは確かだが、柴田同様、男にはまるきり興味などないはずだ。

これまで冗談まじりに雅春を口説いてくることはあっても、本気で告白されたこともなければ、深く追いかけられたこともない。

今日だって、『今夜はこのままうちに泊まりに来るか？』と笑って聞かれはしたものの、雅春が『寮に帰ります』と断ると、彼はあっさりとここまで送ってくれたのだ。

だがその答えに、柴田はなぜか額のあたりを手で押さえながら、はぁと大きく息を吐きだした。

「ああもう……そんな見え透いた手に簡単に引っかからないでください。あっちはそうやっていい人ぶって隙を狙ってるんですから。だいたい男でも魅力的な相手だったら、一度くらいはお願いしてみたいって思う輩《やから》が多いことは、先輩だってよく分かってるはずでしょう?」

「……お願いって……?」

川島が、自分なんかに一体なにをお願いするというのだろう?

ぼうっとしたまま頭を傾けると、その拍子に手の中のコップから水が零れた。

「ああ、ほら。零れてますよ」

柴田は雅春の手から慌ててコップを取り上げると、ベッドの前に跪《ひざまず》き、濡《ぬ》れてしまった雅春の手やズボンをタオルで拭いてくれた。

(柴田が、優しい……)

さっきまで不機嫌そうだったのに。今は前と同じように優しくしてくれる柴田に、胸のあたりがまたほかほかと熱くなってくる。

だが至近距離から柴田のその黒い瞳にじっと目を覗き込まれた瞬間、なぜだか雅春は周囲の空気がぴりっと震えた気がした。

どくんと激しく胸が脈打つ。

「柴田……？」

……アルコールのせいだろうか。心臓が妙にドキドキして止まらない。呼吸までひどく息苦しくなっている。

なのに視線は柴田の瞳に吸い寄せられたまま、どうしても外すことができなかった。

「……お願いっていうのは、こういう意味ですよ」

――なにが？　と、問いかける間もなかった。

すっと影が重なった瞬間、柴田の顔がすぐ近くまで迫っているのに気付いて、雅春は慌てでぎゅっと目を瞑《つむ》った。

少しかさついた柔らかな感触が唇へと触れてくる。それが柴田の唇だと認識したとき、雅春は心臓が止まるんじゃないかと思うほど驚いた。

（……キ、スされてる？　え、なんで？）

今、起きていることが現実のこととはとても思えない。

慌てて目を開けて確かめようとしたけれど、柴田は雅春の視界を手のひらで覆うと、さらに深く唇を強く押し当ててきた。

「…し、柴……っ」

パニックを起こして、口を軽く開ける。すると熱くてぬるついたなにかが口の中へと滑り込んできた。

熱いものが、舌にきゅっと絡みつく。

もはやなにが起きているのか理解できず、雅春はぐらぐらとした頭の中で繰り返し『どうして？』という言葉を繰り返した。

荒々しく唇を吸われて、呼吸がますます苦しくなる。胸が早鐘を打っていく。

ようやく唇を離してもらえたときには、雅春はもはや息も絶え絶えといった状態になっていた。

「……っ、ぷ…はっ、はぁ…」

「先輩。キスするときは、呼吸は鼻でするんですよ…？」

耳元で笑うように囁《ささや》かれ、背中にぶるぶるっとした痺《しび》れが走り抜けていく。

視界を塞《ふさ》がれてしまっているから見えはしなかったけれど、きっと今、柴田は目を細めて笑っているに違いなかった。雅春の好きな、あの人懐こそうな笑顔で。

「あ……、な…に？」

笑いながら、再び重なってきた唇は優しかった。

啄《ついば》むように繰り返しキスをされると、それだけで頭の芯がぼうっとしてくる。

……キスがこんなに気持ちいいものだなんて、知らなかった。

そのまま背後のベッドへと押し倒されても、雅春は逃げ出せず、ただくり返し与えられるその優しい感覚に酔うしかできなくなる。

もはや思考は完全な停止状態だ。

なぜこうなっているのかもよく分からない。

柴田の唇はやがて耳の下や喉元へと移動していき、雅春のあちこちに甘ったるい刺激を加えてきた。

「……ん…」

視界を覆っていたはずの柴田の手のひらが外されても、雅春はぎゅっと瞑ったまま、目を開けることができなかった。

今、自分がどんな状態になっているのか、自分の目で確かめてみる勇気がない。

いつの間にかはだけていたらしいシャツから、柴田の手が滑り込み、せわしなく撫で回されていく。

「…あっ……！」

ふいに胸の先端を弄《いじ》られて、驚きについ目を開けてしまった。

（……う、嘘……）

その瞬間、雅春は柴田が今、自分のどこに口付けているのかを目撃してしまい、慌ててまたぎゅっと強く目を閉じた。

「………っ」

唇と舌で挟みこむようにしてきゅっと胸を吸われて、切ないような痺れがビリビリと全身に染み渡っていく。

慌てて身を捩《よじ》ったけれど、柴田の大きな身体が雅春にすっぽりと覆い被《かぶ》さるように重なっていては、逃げることも適《かな》わない。

雅春の狼狽《ろうばい》ぶりに気付いていないはずはないのに、柴田は胸への愛撫《あいぶ》を一向にやめようとはせず、さらにねっとりと舌を這《は》わせてきた。

（……ど、どうしよう…）

自分がこんな風になるなんて思ってもみなかった。

柴田の舌や唇で胸の粒を刺激されるたび、きゅうきゅうと切なくなるような甘い痺れが、腰の奥のほうからこみあげてきてしまう。

吸われているのは胸であって、腰じゃないのに。いても立ってもいられないような、ざわざわとした熱い疼《うず》きが身体の内側から湧き起こり、止められなくなっていく。

「……あっ！」

カリ…と胸の先に軽く歯をたてられた瞬間、思わぬ声が出たことに驚いた雅春は、かぁっと首まで赤く染めながら身を捩った。

だがその動きで柴田の硬い太腿《ふともも》に、自分の下半身を押しつけるような形になってしまい、ぎくりと固まる。

（……な、なんで…？）

いつの間にか自分の下腹部が、下着の中で熱くなっている。

「ああ、こんなに感じてたんですね」

(か、感じ……?)

全身がもぞもぞしたり、腰の奥からぞくぞくするような甘い痺れが走るこれが、感じてるってことなんだろうか?

なにもかもが初めての経験である雅春にとっては、驚くことばかりだ。

胸の先を軽く吸われたり、あちこちキスされたり。それだけではしたなくも下半身が反応してしまうだなんて、自分でも信じられなかった。

しかもそれを柴田に知られてしまったのかと思うと、どっと激しい羞恥心《しゅうちしん》がこみ上げてくる。

雅春は慌てて柴田の下から抜け出そうとジタバタもがいたものの、柴田はさらにぐっと体重をかけてきた。

「…ん、ああ…っ」

張り詰めていた下半身に、今度は意図的に固い太腿がぐりっと擦りつけられる。

目の前がチカチカするような甘い衝撃が走り抜けていき、雅春は目の前にあった柴田のシャツへとしがみついた。

(な、なんで……?)

柴田がどうしてこんなことをするのかが分からない。

せめて彼が退いてくれたら、隠せるのに。

だが柴田は雅春の上から動こうとはせず、代わりに雅春が身につけていたスラックスへと手を伸ばすと、カチャカチャと音を立ててベルトを外し始めた。

そのことに気付いて、再びぎょっとする。

「柴田？　な、なにして……っ？」

「このままじゃ先輩が辛《つら》いでしょう？　手伝いますから」

慌てる雅春とは対照的に、柴田はやけに涼しい顔でそう答えた。

その間も、ズボンを脱がす手は止まらない。

「い、いい。そんなの、ど、どいてくれたら、自分でトイレにでも……っ」

「こんな風にしてしまったのは俺ですし。責任は取ります」

「せ、責任って…っ。そ、そんなの取らなくていい。取らなくていいから…っ」

それよりも、早く上からどいて欲しい。柴田の大きな身体にぴったりと密着しているだけで、なぜか心臓が壊れてしまいそうになっているのだ。

さっきからずっとばくばくして、苦しすぎる。

だが柴田は宣言通りズボンのファスナーを手早く下ろすと、下着ごとつるりと一緒に雅春の服を脱がせてしまった。

「……なっ」

ついでに剝《む》き出しとなった裸の脚をひょいと割られて、頭の中が真っ白になる。

こんな風に興奮しきった下半身を人前に晒《さら》すのも、もちろん生まれて初めてだ。

だが妙に手慣れた男は顔色も変えずに、雅春の貧相な裸体をじっと見下ろしてきた。

柴田の視線が、焼け付くように熱く感じる。たまらずに身を捩ろうとしたものの、脚の間に柴田の大きな身体がある状態では、それも適わなかった。

「……な、んで……？」

恥ずかしさで憤死してしまいそうだ。限界まで昂《たか》ぶっているそこを、柴田の前に晒しながら、大きく脚を開いているなんて。

頭の中がぐちゃぐちゃで、なにも考えられない。

真っ赤になっている顔を隠したくて、両腕をクロスするようにして顔を覆うと、上にいた男が急にとまどった様子でおろおろとし始めた。

「……先輩？　……あの…泣いてるんですか？」

泣きたいわけじゃない。

だけど自然にじわりと滲んでくるものは、熱く目元を濡らしていく。

「そんなに……嫌でしたか？」

「……ち、ちが…。は、恥ずかしい…から…っ」

シャツはすでにほとんどはだけているし、下半身は剝き出しの状態だ。それを柴田に見られていることが、たまらなく恥ずかしかった。

自分だけみっともない姿なのが嫌だと涙声で訴えると、柴田はなぜか少しだけホッとした様子で、息を吐いた。

「ああ、なるほど。……じゃあ、俺も一緒なら恥ずかしくないですか？」

「え……？」

どういう意味かと首を傾げているうちに、柴田は自分のネクタイを外し、着ていたシャツのボタンまでもぷつぷつと外し出した。

途端に貧相な自分とは比べものにならないくらい、がっしりとした厚い胸板が露《あら》わとなる。

鍛えられていると一目で分かる逞《たくま》しい裸体に、雅春はぼうっと釘付《くぎづ》けになった。

筋肉のついた男らしい胸元は、女性の優しいラインとはまた違った美しさがあり、見ているだけで目がチカチカしてきてしまう。

だかそれだけでは止まらずに、柴田はスーツのズボンにも手をかけると、手早くベルトとボタンを外してしまった。

（――嘘…）

柴田がそこから先も全て脱ぎ落とそうとしているのだと気が付いて、雅春は慌ててぎゅっと目を瞑った。

再びぎしりとベッドを軋ませて、重なってきた身体が脚の間で擦れる。

素肌と素肌が擦れる感触。それにぶわっと全身に鳥肌が立つくらい、感じた。

「……もしきつくしすぎたりしたら、すぐに言ってくださいね？」

「…え？」

限界まで昂《たか》ぶりきっていた雅春のそこに、柴田の指先がするりと触れてくる。

だが触れてきたのは指先だけじゃなかった。まるで灼熱《しゃくねつ》のような熱いなにかが、ピタリと雅春の下半身へと押し当てられる。

「……っ」

声が出なかった。

柴田になにをされているかに気付いた瞬間、雅春は全身がカッと燃えるように熱くなるのを感じた。

（――信じられない……）

柴田のアレと自分のアレをぴたりと重ねあわせ、その大きな手のひらの中で一緒に揉みくちゃにされているだなんて。

自分以外の手にそこを触れられるのも初めてなら、こんな風に他人の性器と自分の性器を密着させて弄られるのも、当然、初めての行為だ。

たまらなく恥ずかしくて、すごく淫《みだ》らで。

なのにどうしようもないほど、気持ちがよかった。

「あ……っあぁ……っ」

その手が上下するたびに湧きおこる甘ったるい刺激にたえられず、柴田の首筋へとしがみついたが、柴田はその手を止めてはくれず、雅春は初めて知る快感に我を忘れた。

「……あっ、ん……んっ」

すっかり濡れそぼった先端の一番弱い部分を柴田の指先で弄られながら、何度も角度を変えてはキスされる。

舌をきゅっと吸われると腰がぶるぶると震え出し、雅春はあっけないほどの早さで自分の腹と、柴田の手のひらを熱く濡らした。

それでも、柴田の手の動きはまだ止まりそうにもなくて。

「柴田…、しば…っ…あ、あ……っ」

目の前の首筋に必死にしがみつきながら、何度も熱く息を吐く。

初めて知る、柴田の熱い素肌。それが自分の肌と擦れるたび、ぞくぞくするほど気持ちよかった。

(あ……、嘘……。今、出したばかりなのに……)

柴田の巧みなキスを受けながら、指先で濡れたそこを甘く刺激されると、ひとたまりもなかった。あっという間に、また全身の血がすぐに熱くなっていく。

何度目かのキスの途中、脳まで焼け爛《ただ》れてしまいそうだなと、雅春はそんなことを思いながら、いつしか意識を手放していた。


次の日の朝、ベッドで目が覚めた雅春は、ぼうっとしたまま部屋の中を見渡した。

「……柴、田？」

掠《かす》れた声で呼びかけてみても、そこには誰の姿もなかった。

見れば身体はいつの間にかさっぱりとしているし、揉みくちゃにされたはずのシャツもなく、綺麗なパジャマを身につけている。

もしや……昨夜のあれら全てがアルコールのせいで見た夢だったのだろうかと、ぼんやりと思う。

だがすぐに雅春はふるりと頭を振った。

（……そんなわけない）

たとえ酔っていたとはいえ、何度もしがみついた柴田の身体の熱さだとか。皮膚の擦れる感触だとか。

そんなものが、今も雅春の身体のあちこちに残されているのだから。

（……キスも、した……よね？）

しかも、唇が腫《は》れぼったくなるくらい何度も。何度も。

最後のほうは、雅春からもねだっていた気がする。どうしてそうなったのかはよく覚えていないけれど、いつも快活に笑っているあの唇に、何度も優しく吸われたり、舌で熱くなぞられた感覚だけは今も忘れていない。

（――柴田と、キス……しちゃった）

キスだけじゃない。それ以上のこともした。

「……っ」

そう思った瞬間、全身にぼっと燃え上がるような羞恥心がこみ上げてきて、雅春はベッドの上で突っ伏すようにして俯いた。

どうして、柴田はいきなりあんなことをしてきたんだろう？　柴田が好きなのは、柔らかな女の子のはずなのに。

彼は昔から『性的にノーマルなんで。男にはこれっぽっちも興味がないんです』とそう言ってたはずではなかったか。

いつの間に、宗旨替えしたんだろう？

考えれば考えるほど、分からないことばかりだ。

（でも……嫌じゃ、なかったな……。ぜんぜん……）

なによりも不思議だったのは、彼とのああした行為を、自分が嫌だとはまったく感じていなかったということだ。

かつては、他人に手を触られたりするだけで、吐くほど気持ちが悪いと思っていたはずなのに。酔っていたというのもあるのだろうが、それでも過去に色々な男から言い寄られたり、しつこく追い回されたりしていたときに感じたような、ぞっとするほどの嫌悪感は微塵《みじん》も湧いてこなかった。

――それどころか。

（……死ぬほど気持ちいいとか、思ってしまった）

キスされながら、あの手に触れられるのが気持ちがよくて。数え切れないくらい、柴田の手の中で達してしまったことを、うっすらと覚えている。

彼と昨夜交わしたあれこれを思い出すだけで、耳や首筋が燃えるように熱くなっていく。

誰も見ていないというのに、顔を上げることすらできない。

ジタバタと身悶えるような気持ちで、シーツに顔を伏せていたそのとき、ガタッと小さな音が響いた。

「大丈夫ですかっ？」

「……え…」

いきなり肩を揺らされて、びくりと全身が跳ねる。

弾かれたように顔を上げると、いつの間に来ていたのか、柴田が青ざめたような顔つきでこちらをじっと見下ろしていた。

柴田は雅春と目があった途端、なぜかはっとしたように顔を歪《ゆが》め、ぱっと肩からその手を引いた。

「……勝手に、触ったりしてすみません。……その、もしかして……気分でも悪いのかと思って……」

「あ……いや。大丈夫…」

なぜ柴田が、そんな青ざめた顔つきをしているのか、よく分からない。

しかもその手には、雅春が昨夜着ていたはずのシャツと、シーツらしきものが綺麗に畳まれていた。

「そのシャツって……」

もしかして、わざわざ洗濯してきてくれたのだろうか。

丁寧にアイロンをかけたみたいに、ぴしりと整ったシャツとシーツに雅春が首を傾げると、柴田はふいにぎゅっと痛ましげにその眉を寄せ、突然がばっと頭を深く下げた。

「昨日は……すみませんでしたっ！」

いきなり謝られて、面食らってしまう。

しかも柴田は頭を深く下げたまま、顔を上げようともしないのだ。

（……え？）

なぜ、柴田が自分に謝ったりするのだろう。

次に柴田に会ったら、ちゃんと謝ろうと思っていたのは、雅春のはずだったのに。

「ひどく酔っ払っていたとはいえ……先輩に、ひどいことをしてしまいました。すみません。……間違って、許されないことをしたと思っています。本当に、本当に申し訳ありません」

「……なに？」

（柴田も、酔っ払ってた？）

そういえば彼も昨夜は取引先と飲み会があるから遅くなると、川島が話していたことをぼんやりと思い出す。

（でも、間違いっていうのは……？）

「もしかして……その、誰かと間違えたってこと？」

柴田は唇をきつく嚙んで俯いたままなにも答えなかったが、その後悔の滲んだ横顔を見れば、自《おの》ずと答えは知れた気がした。

（……そっか。……昨日のあれは、ただの間違いだったのか）

どうりでおかしいと思ったのだ。

女好きの王子様が、男の自分に触れてくるだなんて。

柴田はもともと性的にノーマルで、男はまるきり恋愛対象外なのだと、昔からそうはっきり言っていた。そんな彼が自分にキスしたり……ましてや触れたがるはずがないのだ。

（――間違えた相手って、もしかして……前に言ってた、本気で好きだっていう人のこと？）

ふいにそう尋ねてみたい衝動に駆られたが、喉の奥に言葉が貼り付いたみたいに、言葉はなにも出てこなかった。

「セクシャル・ハラスメントとして、訴えられても仕方がないと思っています。なんでしたら慰謝料もちゃんとお支払いします」

「そ、そんなの……。訴えるなんて……そんなことしないよ」

「いえ、それでは俺の気が済みませんから。……もし先輩が俺の顔なんか二度と見たくないって言うのなら、寮も今すぐ出ていきますし」

「まっ、待って。ちょっとなんでいきなり、そんな話に……。俺、俺は大丈夫だよ。第一、昨日のことなんて、俺もよく覚えてないし……」

つるりと、思わず嘘が口を突いて出た。

「……覚えてない？」

「う、うん。昨日は……川島先輩に前から誘われてた、おすすめだっていうバーで飲んでたことまでは覚えてるんだけど。……なんか、寮に戻ってきてからのことは、ほとんどあやふやっていうか、おぼろげでしかなくて。……な、なんとなく、柴田と会って話もしたかな……ってことぐらいは、覚えてるんだけど」

『ほんと、酒に弱いとダメだね』と、無理やり雅春が作り笑いをすると、柴田はなにか言いたげにすっと目を細めた。

もしかしたら……本当は嘘だと、バレているのかもしれない。

けれどもこんなことで、柴田とこれ以上気まずくなんてなりたくなかったし、柴田が酔っ払って間違えたと言っている以上、自分も知らないフリをするくらいしか、今はなにも思い浮かばなかった。

シンとした奇妙な沈黙が、部屋の中に落ちる。

やがて柴田は肩で大きく溜め息を吐き出すと、珍しく乱れたままの前髪をくしゃりと掻き上げた。

「……先輩がなにも覚えていないというなら、それでもいいです。ただ……これだけは覚えておいてください。男はもともと興味のない相手であっても、チャンスさえあれば、平気で手を出したりできる生き物なんです。……特に昨夜みたいに、酔っ払って理性がなくなってるときはなおさら。……なので先輩も、その気のない相手と二人きりで飲みに行くとかは、もう止《や》めてください」

——もともと興味のない相手。

（そっか……。柴田は俺のことなんて、本当に興味がなかったんだな…）

ただ酔っていて。ちょうどよく側にいたから、つい魔が差してしまっただけなのだ。……

他の誰かの、身代わりとして。

「先輩も酒の上での失敗なんて、もうしたくはないでしょう?」

「……うん。…分かった」

そう言われてしまえば、ただ頷くしかできなかった。

――酒の上での失敗。

それはやっぱり雅春のことなんだろうかと思いはしたけれど、とても言葉に出して確かめてみる勇気は、なかった。

柴田はわざわざ洗濯してきてくれたらしい雅春のシャツとシーツを片付けると、もう一度、ぺこりと頭を下げてから部屋を出ていったが、いつもみたいに『じゃあ、また明日』と笑って口にはしなかった。それがひどく寂しかった。


この日以来、雅春が柴田と顔を合わせることは、ほぼなくなってしまった。

柴田の所属しているチームは、川越に新しくできる営業所の準備で忙しく飛び回っているらしく、会社の中ですら顔を合わせる機会もなかった。

一応、寮に戻ってきている様子はあったが、朝一番には部屋を出ていき、帰りは午前様ということも珍しくない。当然、雅春の部屋で一緒に夕食をとることもないままだ。

……ちゃんと食事は、食べているのだろうか。

どうしてもそれが気になって、一度『夕食を多く作ったので、部屋に置いておこうか？』とメールもしてみたけれど、『今日はチームのみんなと食べて帰ることになったので、大丈夫です。すみません』と素っ気なく断られてしまった。

（やっぱり……柴田は、後悔しているのかもしれない…）

あの日、好きな相手と間違って、男の自分なんかに触れてしまったことを。

そのせいで気まずくて、顔を合わせるのも嫌になってしまったのかもしれないと思うと、休日に彼の部屋を訪ねていくことすら、なんとなくはばかられてしまう。

こんなに近くで暮らしていながら、なんて遠いのだろうか。

そう思いながら、毎日鬱々《うつうつ》と暮らしているうちに、あっという間に一週間の終わりが来た。

今日は金曜で本社の定例会議があったせいか、珍しく社食で柴田の姿を見かけたけれど、どこに行っても人気者の彼の周りには見知らぬ男女がたくさんいて、雅春は側に近寄ることすらできなかった。

（柴田だ……）

忙しさのせいか、柴田は少しだけやつれたような顔色をしていたけれど、それでも大勢の人に囲まれて、楽しそうに笑っていた。

（自分にはもう、あんな風に笑いかけてもくれないのに……）

そう思ったら、なぜだか急に目と鼻の奥がツンと痛くなってきてしまい、雅春は慌ててはなを啜《すす》るると食堂をあとにした。


会社帰り、雅春は気がつけばいつもとは違う電車に乗り込んでいた。

寮とは反対方面の電車に乗ってしまったことは分かっていたけれど、どうしても今はあの部屋に、まっすぐ帰る気にはなれなかった。

夕焼けのオレンジ色に照らされた街並みが、ひどく寂しげに目に映る。

その光景を電車の窓からじっと眺めながら、雅春は社内で耳にしたばかりの噂話を、ぼんやりと思い返した。

現在、柴田のいるチームが関わっている新営業所は、どうやら順調に準備が進み、近々オープンの日を迎える予定らしい。そしてその営業所には、柴田が新しい責任者として迎えられるのではないかというのが、もっぱらの噂だった。

あの若さでいきなりの大抜擢《だいばってき》だと思う。

アメリカ支社で積んできた実績や、もともと社長の身内で将来の幹部候補であることを考慮すれば、当然の流れなのかもしれなかったが。

だがその話を耳にしたとき、雅春は激しいショックを覚えた。

昇進の話が無事に進めば……柴田はきっともうすぐ、あの寮の部屋からも出ていってしまうことになるのだろう。

寮から営業所に通うのは無理があるし、もともと柴田が寮に入ったのは、本社に通うのに便利だからという、たったそれだけの理由なのだ。

（そっか。もう……寮でも、会えなくなるのか）

今は少し気まずくなってしまっているけれど、できればそのうち柴田にはちゃんと謝ろうと思っていた。そうしてほとぼりが冷めたらまた以前のように、せめて隣人としてつきあっていけたらいいと思っていたけれど。

（それすらも、全部なくなるんだ……）

その日会社であったくだらない話をしながら、一緒になって晩ご飯を食べたり。

帰り際にもう二度と、『じゃあ、また明日』と笑いかけてもらうこともない。

彼が『北上先輩』と、嬉しそうに自分の名を呼ぶことも……。

そう思ったら、いても立ってもいられなくなるほど落ち込んでしまい、雅春は衝動的に寮とは反対方面の電車に乗り込んでいた。

今はあの寮に、たった一人でいたくなかった。

見慣れた駅で電車を降り、重い足を引きずるようにして辿り着いた先は、子供の頃から長年暮らしてきた北上の実家だ。だが懐かしい我が家を前にしながら、雅春はその扉を開けるための一歩目がなかなか踏み出せなかった。

（そういえば……祥君からも、話したくないって言われてたんだっけ…）

なのに雅春がこうして勝手にやってきたことで、また嫌がられるんじゃないだろうかと思うと、それだけで足が竦んでしまう。

（――居場所がない）

たった数カ月前まで、この家はたしかに雅春にとって大事な場所だったはずなのに。

もはやこの世のどこにも、自分のいる場所などない気がしてくる。

迷子になったような気分で、夕焼け色に染まる実家を見上げたまま、雅春は長いこと玄関先にぽつんと立ち尽くしていた。

「え……春兄？」

「……祥君？」

誰かに名を呼ばれた気がして、ぼんやりと振り向くと、スポーツバッグを肩から提げた祥平が、驚いたような顔をしてこちらを見つめていた。

どうやら部活の帰りらしく、まだ制服姿のままだ。

「あ…あの……」

約三週間ぶりに顔を合わせたというのに、なんて声をかければいいのか分からない。『いきなりなにしに来たんだよ』と追い返されるんじゃないかと思うと、焦って言葉が出てこなかった。

だが雅春がともかく謝ろうとして口を開きかけたとき、突然、目の前にいた弟が駆け寄ってきて、ガバっとその首筋に抱きついてきた。

「春兄っ、ごめん！」

「……え？」

「俺、春兄にひどいこと言った。……春兄のこと、大嫌いとか言っちゃって、ごめんなさい！」

祥平は言いながら今にも泣きだしそうな顔をして、雅春をじっと見つめてきた。

「しょ…祥君」

「ほんとはもっと早く……謝んなきゃって思ってたけど。俺……あんなこと言っちゃって、春兄に嫌われたかもって思ったら……なんか怖くて、連絡とかできなくて……」

「そんな……。祥君のこと、嫌うなんてあるはずないよ」

そんなこと絶対ありえないからと諭すと、祥平は零れそうなほど大きな目をうるうると潤ませて、もう一度ぎゅっとしがみついてきた。

「本当は、忍からも『ちゃんと春兄と話してきたら？』って言われてたんだ。気まずいからって逃げまわってると、もっと気まずくなるよって」

「忍君が…？」

意外な話に、目を見開く。

どんなときでも祥平の味方である忍は、ずっと無言を貫くかと思っていたのに。

「俺……俺ね、春兄に言われたこと、あれから何度もよく考えてみたよ。俺、バカだし……世間知らずなのかもしんないけど……。でも……いくら考え直してみても、ダメだったんだ。俺、やっぱり匡とは離れたくない」

「祥君……」

「ごめん。……春兄が、俺たちのこと心配してくれてんのは分かってるけど。でも俺……匡のことが、すげー好きなんだ。匡じゃないとダメなんだよ」

――あの人じゃなきゃダメ。

そう迷いなく告げた弟の声は、雅春の胸の真ん中にストッと突き刺さった。

「男同士のくせして……そんなの変だとか、頭がおかしいって言われても……俺、俺さ、匡といるとき、メチャクチャ幸せだなーって思うんだよ。匡が俺に笑ってくれたりすると、胸のとこがきゅうって熱くなるんだ。毎日顔合わせてるくせに、会うたび匡と会えてよかったなぁーって思う……。だからごめん。俺、匡のことは諦めらんないよ……」

再び雅春に反対されてしまうんじゃないかと怯《おび》えているのか、祥平の声は微かに震えていた。

それでも必死にその想いを伝えてこようとする弟の姿に、雅春は痛いくらい真摯な気持ちを感じて、静かにこくりと頷いた。

「……うん。そうだね」

目の前の細い肩を、ぎゅっと強く抱き寄せる。

こんなにもまっすぐで真摯な想いに対して、自分はなんて軽はずみでひどいことを言ってしまったのだろう。

そう思うと、心の底から恥ずかしくなった。

『そんなのは普通じゃないから、やめなさい』とそう言った。その想いごと今すぐ捨ててこいと。

(……そんなの、誰かに言われたからって、できるものじゃないのに)

そんな簡単なことすら、自分は分かっていなかったのだ。

――誰かのことを、本気で好きになったこともなかったから。

誰かを好きになって、気持ちが止められなくて。

その人だけが欲しくて。必死に追いかけて。

そうした全てがどれだけ苦しくて、そして幸せなことなのか。

そんな大事なことすら知らぬまま、自分はこれまでずっと生きてきたのだ。

「ごめん、ごめんな。春兄…」

「謝らないでいいから。……祥君は、なにも謝ることなんかないよ。俺のほうこそ……本当にごめんね」

繰り返し謝る弟の頭を優しく撫でてやりながら、雅春は今ならばその気持ちがよく分かると思った。

「春兄……？」

「もう、謝らないでいいよ。すごい……祥君の気持ち……よく分かるから……」

『匡といるとき、メチャクチャ幸せだなーって思う』と呟いた祥平の気持ちが、今ならば雅春にも、痛いほどよく分かる気がした。

自分も柴田に会うたび、胸の奥がほかほかと温かくなった。

雅春が作ったおにぎりを彼が目を輝かせて美味しそうに頬張るたびに、なぜだかひどく幸せな気分にもなれた。

寮で再会したときは、信じられないくらい嬉しくて。『また明日』と再び言ってもらえる毎日が楽しくて。

彼が目を細めて笑ってくれるだけで、たまらなく幸せだった。

たとえ酔った上での間違いでも、あの日、柴田に身体中触れられて、それがぜんぜん嫌じゃなかったことも。

反対に今こうして、避けられるようになったから、死ぬほど落ち込んでいるその訳も。

全ての点と点がいくつも結びついて、絡み合って、一つの答えへと繋《つな》がっていく。

(嫌われちゃってから、こんなことに気付いても……もうどうしようもないのに)

「…………っ」

じわりと滲んできた涙を押さえようとして、手のひらで慌てて顔を覆ったけれど、それは止められずにつーと頬を伝わり落ちていった。

「は……春兄? な、なに? どうして泣いてんの? 俺…俺、そんなヘンなこと言った?」

雅春の目から溢れ落ちた涙に気が付いたのか、祥平がぎょっとした顔でこちらを見上げてくる。

「違……違うよ。これ……は、祥君のせいじゃない……。ごめん。俺こそ……二人にひどいこと言って、本当に…っ。本当に、ごめんね…」

ふいにあの日、柴田が口にした言葉を思い出した。

『恋は、理屈じゃないんです』とそう話していた横顔も。

その人のなにかが自分の心の琴線に触れて、いいなと思ったときは、もう落ちているものなのだと。

ただ――その人の声が聞きたくて。ほんのちょっとでも顔が見たくて。

名前を呼ばれただけで嬉しくなったり。笑いかけてもらえただけでその日一日、有頂天でいられたり。

反対に冷たくされれば、世界が終わるんじゃないかってぐらい落ち込んだりもする。

それがきっと、好きだということなのだと。

「は……春兄？　なぁ、大丈夫？　どっか痛いの？」

おろおろと心配してくれる弟の肩に額を押し付けるようにして、雅春は肩を震わせた。

――痛い。この胸と喉の奥が、焼けるかと思うほど。

柴田に、もう二度と笑いかけてもらえることはないとそう思っただけで。

（そうか。……これが、恋か）

もしも、その人のことを考えるだけでこんなにも切なくて、今すぐ会いたくてたまらないと願う気持ちが恋だというのなら。

きっと自分は、もうとっくの昔に恋をしていたのだろう。

二人並んで満天の星を眺めた、遠い夏の日から。……もうずっと。


「はい。ティッシュ」

「……ありがと…」

祥平にティッシュケースを箱ごと渡され、雅春はすっかり赤くなってひりひりしている目と鼻を、拭きとった。

こんなに大泣きしたのは、いつぶりだろう？

たぶん子供のとき以来で……もはや記憶すら定かではない。

「なんか、超びっくりしたよ。春兄があんなに泣くとこなんて、初めて見た気がする…」

「……ごめんね」

玄関先で突然どっと泣き出した長男と、おろおろとするばかりの次男の事態を収拾したのは、三男の忍だった。

両手に買い物袋をぶら下げて帰ってきた忍は、『……あのさ。そんなところで修羅場ってないで、とっとと家の中に入ったら？』と呆れたような顔つきで、二人の帰宅を促した。

そんなしっかりものの三男は、なかなか泣き止まない長男を次男が必死に慰めている間、温かな紅茶にたっぷりのミルクを落とした甘いミルクティーを用意してくれた。

さらにオマケとして『これ、目のとこに当てとかないと明日腫れるよ』と熱い濡れタオルまで手渡してくれたのだから、本当に頼りになる末っ子である。

渡されたタオルをありがたく思いつつ目に押し当てると、じんわりとした熱さが、心にまで染みていくようだった。

「……二人とも、本当にごめんね。いつまで経っても、ダメな兄ちゃんで…」

こんなに情けない長男では、見本にもならない。

だが自嘲気味にそう呟いた途端、弟二人は呆れたように顔を見合わせて肩を竦めた。

「は？　いきなりなに言ってんの？」

「そうだよ。春兄はぜんぜんダメじゃないじゃんか。学生のときだって、遊びもしないでずっと俺たちの世話を焼いてくれてて……」

二人の声に慰められるのを感じながら、雅春は淹《い》れてもらったミルクティーにそっと口を付けた。

「そうじゃないよ。俺ね……この家を出てからやっと、本当は俺のほうがずっと二人に甘えてたんだなって分かった。今もこうして慰めてもらってるしね。……祥君から『春兄なんて大嫌いだ』って叱られるまで、自分の勝手な価値観を二人に押しつけてたってことすらも、よく分かってなくて……」

『本当にごめんね』ともう一度小さく謝ると、祥平は驚いたように首を振った。

「あっ……あれは違うよ！　ほんと、いつもはそんなこと思ってないから！　ただ……あんときは……春兄が、匡が俺のこと騙《だま》してるみたいに言ったから、つい……」

「うん。そのことも、ごめん。……匡君にも、ちゃんと謝らないといけないね」

あの日、雅春から責められても、匡は言い訳の一つも口にしなかった。

ただ『子供の頃からずっと祥のことが誰よりも好きでした』とそれだけを口にしていた。

ひとかけらも、迷いのない目で。

そんな彼でも、かつては祥平との関係にひどく悩んだこともあったらしい。

たぶん、そのとおりなんだろう。それでも二人は一緒にいることを選んだのに。

自分はその覚悟すら、知ろうともしていなかった。

「ほんと……今回のことで、俺ってダメな兄ちゃんだったんだなぁってつくづく思い知ったよ。祥君たちのことを心配してるフリをしながら、本当は俺が寂しいから、二人にまだ自立して欲しくなかったんだよね。……こんな兄ちゃん、たしかに重くてうざいよね……。二人が『いい加減うちから出て自立したら？』って勧めた意味が、よく分かったよ」

「えっ…、なにそれ？」

雅春の自嘲めいた言葉に祥平がなぜかぽかんとしている。

横にいた忍も、その黒々とした猫のような目をすっと細めると、呆れた様子で口を開いた。

「なんか、春兄がすごい誤解をしているようだから。一応、言っておくけど」

「うん。……なに？」

「俺たち、春兄のこと重くてうざいなんて、一度も言った覚えはないんだけど？」

「……え？　し、忍君？　どうしたのいきなり…」

まさか忍が、そんなことを自分に向かって言うとは思いも寄らなくて、目をぱちぱちと瞬かせる。

「どっちかっていえば、いきなりやってきたこんな大きなお荷物を押しつけられて、ずっと悪いなと思ってたよ。……祥兄はこのとおり、感情があけっぴろげだから分かりやすいんだけど。春兄は嫌なことがあっても、隠すのうまいだろ。すげーいいお兄ちゃんやんなきゃって、いつも気を張ってたのも知ってたしね」

――びっくりした。

びっくりしすぎてなにも声が出てこない。まさか、忍がそんな風に思っていただなんて。

ああでも、たしかに子供の頃からこの三男は、誰よりも聡《さと》くて、人の気持ちに敏感だった。なにも言わなくても、雅春の戸惑いを感じ取ってくれていたのだろう。

「あの……あのね。なら、俺もちゃんと言っておくけど。忍君が突然うちに来たときは、それは本当に驚いたけど。……あの人の、突飛な行動に振り回されるのにも、もううんざりだったし……。でも、家族が増えたことはすごい嬉しかったんだよ。忍君のこと、お荷物だなんて思ったことは一度もないよ？」

慌てて、それだけは絶対にないからと言い切ると、忍はくすっと唇を上げた。

「知ってる。……そういうとこ、父さんとよく似て、春兄ってお人好《ひとよ》しだよね」

「そ、それに……俺、料理以外は不得意だったから。ヘタクソなぞうきん縫ったりとか、一緒に宿題したりだとか。そういうのでも……喜んでもらえるのが、嬉しかったし」

「それも知ってる」

「ずっと……二人のこと、勝手に生き甲斐《がい》みたいに思ってたんだ。二人がいてくれて、俺はずっと嬉しかったから……」

可愛い弟を、どちらも手放したくなかった。

少しでも普通の枠から外れたことをしたら、親戚にまた『ほら、あのうちの子は…』と指をさされるんじゃないかと、いつも怯えていた。

なによりも『お前の手に負えないならもらっていくよ』と、誰かが二人をここから連れていってしまうのではないかと思うと、それが一番怖かった。

自分がしっかりしないといけない。絶対に、普通の枠から外れないようにしないといけない。

そう思って、生きてきた。

一時の恋愛なんかにうつつを抜かし、子供を置いてはフラフラと出ていくあの母親みたいな真似《まね》だけは、絶対にしないと心に決めて。

そんな風にガチガチに凝り固まった雅春の考えが、いつの間にか弟たちまで息苦しくさせていたことにすら、気付かずに。

再び、じわりと目の奥から滲んできた熱いものを慌ててタオルで拭うと、忍は呆れたようにもう一度、肩を竦めた。

「だから……そういうのをもう止めたらって、言ったんだよ。俺も祥兄も」

「………？」

「春兄が、そうやって俺らの盾になろうとして頑張らなくてもさ。これからはもう、自分のために好きに生きればいいんだよ。……俺は別に、あの本家のババアたちからなにを言われても、針穴ほども気にならないし。祥兄はもともと結構、気に入られてるしね。本家のクソババアやあのクソ従兄弟《いとこ》たちは、春兄ならなにも言い返してこないって知ってるから、法事とかで会うたびに、好き勝手に色々と言ってくるんだろ?」

まさか、気付かれていたとは思わなかった。

見れば隣の祥平まで、目を真っ赤にして『うんうん』と何度も頷いている。

邪魔だから、ここから出ていけと言ったんじゃない。

もうこの家で、自分たちに縛られなくていい。もっと自由になって欲しいという意味で、家を出るように勧めたのだと。

「第一この家は、もともと春兄の家なんだから、いつ戻ってきたっていいんだし。家を出たって兄貴は兄貴なんだから、家族なのも変わりはないし。嫌いになるとか、ありえないだろ」

「そうだよ! 本当はもっとたくさん帰ってきて欲しかったけどさ。春兄……引っ越してから、なかなか帰ってきてくんなくなっちゃうし。でも、せっかく家から出て、俺たちの世話から自由になれたばっかりなのに……俺らが寂しいから、すぐ戻ってきてとか言えないし。

……ようやく帰ってきてくれたと思ったら、なんか……すぐ、ケンカになっちゃったし

……」

「……忍君。祥君」

ぶつぶつ呟く二人の言葉に、ますます目の奥が熱く潤んできてしまう。

自分の視界がどれだけ狭かったのかを、こんな風に弟たちから教えられるなんて。

(どうしよう……。すごく、すごく嬉しい)

ずっと一人で拗ねていたのが、バカみたいだ。

弟たちは、こんなにも雅春のことを応援してくれていたのに。

二人のことを両腕で引き寄せて、ぎゅっと抱きしめる。

「ちょ……春兄、なに？　なんでまた泣いてんの？　なんか嫌だった？」

「……ちょっと、いきなり抱きつかれると暑苦しいんだけど？」

そんな風に口々に言いながらも、二人は大人しく雅春の腕に抱かれたまま、雅春の気が済むまでじっとしていてくれた。

子供の頃、微かに震えていた忍の肩を抱いたときと同じように、今度は四つの手が雅春の肩をそっと優しく抱きしめ返してくれる。それが嬉しくてまたひどく泣けてしまった。

愛しい弟たち。愛しい家族。

それが今ここにあることを、雅春は心の底から感謝した。

「できた……」

柴田の好きな、ゆかりと青じそと枝豆のおにぎり。

絶品だと褒めてくれたごま入りの焼き味噌《みそ》。それから炒めたパプリカと小さく刻んだチーズと新生姜《しんしょうが》をあえたおにぎりを三種類作ると、雅春はそわそわしながらそれらを大きめの弁当箱へと詰めた。

付け合わせには豆もやしとにんじんのナムル。小松菜と油揚げの炒め物。それから塩焼きチキンのゆず胡椒《こしょう》ポン酢添え。

（このお弁当を渡して、今度こそちゃんと謝ろう……）

それから……柴田が新しい営業所に移って、引っ越しをするまででもいい。今までどおり、一緒に夕食をとらないかと聞いてみよう。

それから、それから……。

考え始めると、すぐに頭の中が柴田のことで一杯になり、溢れそうになってしまう。

新営業所の開設まではもう一カ月もないと聞いている。だとしたら柴田が寮にいられるのも、あとわずかだろう。

その間だけでもいいから、柴田とは楽しく過ごしたかった。

高校の最後の夜、柴田が自分を校舎の屋上にこっそりと連れ出してくれたときのように。

気まずくなった嫌な記憶で終わるのではなく、再会できてよかったなと、せめてそう思ってもらいたい。

（……なによりも、柴田に会いたい）

雅春の作ったおにぎりや味噌汁を美味しそうに食べては、屈託なく笑う。

そんな彼の笑顔を少しの間だけでもいいから、もう一度見てみたかった。

このお弁当を作っている間も。食材を買いにスーパーへ行ったときも、柴田はなにが好きだとか、前に作ったあれをもう一度食べたいって言ってたなだとか。そんなことばかり思い出しながら、買い物をするのは楽しかった。

――つまり……これが、恋しいということだろうか。

なにをしていても、心の全てがその人に染まっていく。

それは雅春がこれまで『恋なんて愚かで面倒なもの』と勝手に決めつけていたような、恐ろしい感情とはまったく違っていた。

心の舵《かじ》をなくして正気を失う、そんなひどい心地ではなかった。

それよりも、もっと胸の奥がほわっとするような。たとえばその人が自分の目の前にいなくても、なんだかいつも側にいるような。

そのときふと隣の部屋から、がちゃがちゃとノブを回すような微かな音が響いてきた。

もしかしたら柴田が帰ってきたのかもしれない。そう慌てて弁当の入った袋を手に、玄関扉をあけた瞬間、雅春は息が止まるかと思った。

「……柴田…」

久しぶりに柴田と視線が合っただけで、熱いものがどっと腹の底からこみ上げてくるのが分かった。

最後に会った夜、あの黒い目に見つめられながら、何度もキスしたり、身を寄せ合った記憶が頭の中からいっきに溢れ出してきて、耳朶が熱くなる。

喉がからからにひからびて、なにも言葉が出てこない。

柴田のほうも突然、隣の部屋から飛び出してきた雅春に驚いたのか、ドアノブに手をかけたままぽかんとこちらを見つめてきた。

「北上先輩?」

一瞬にして、かぁぁぁっと首から顔まで赤くなるのを感じた。

ただ名前を呼ばれただけなのに。なんだか頭がおかしくなってしまいそうだ。

背筋がぞくぞくして、全身の皮膚が粟立《あわだ》っていく。

(……どうしよう。やっぱり、自分はおかしくなってしまったのかもしれない……)

「こんな遅い時間に、どうしたんです? もしかしてどこかへ出かけられるんですか?」

「あ……いや、あの…っ、……」

そうじゃなくて。

慌てて、手にしていたお弁当の入った袋を柴田に差し出そうとしたそのとき、彼の後ろから、ひょいと細い影が顔を出すのが見えた。

（……女の人、だ……）

高校生のときだったならまだしも、再会してから女性連れの彼を見たのは初めてで、激しく動揺してしまう。

しかも、まさしく今二人は柴田の部屋へと入ろうとしていたところで……。

「貴文《たかふみ》？　誰？　もしかして、お知り合いの方？」

年齢はかなり年上のようだったが、とても綺麗な女性だった。

女性にしてはすらっとした長身に、高めのヒール。スーツ姿に黒髪がどこかエキゾチックで……。背の高い柴田と並んでも見劣りしない、ゴージャスな美人に圧倒されそうになる。

（それに……貴文って、柴田のことだよね？）

親しげに下の名を呼び捨てた様子があまりにも自然で、一瞬、聞き流しそうになってしまったけれど。

「ああ。……こちら、北上さん。うちの社の先輩だよ」

「へぇ？　こんばんは」

迫力ある美人な女性からにっこりと微笑《ほほえ》まれて、一瞬、息ができなくなる。

「こ……んばんは」

「北上さんは、貴文とは親しいのかしら？　貴文って、寮ではどんな感じ？」

「ちょっと、美沙《みさ》さん⁉　なに、いきなり余計な話をして……」

「あら、少しくらいいいじゃないの。アメリカにいたときも、貴文の周りには北上さんみたいな、大人しそうな美人っていなかったでしょ？　すごく気になるじゃない」

「人の交友関係なんてどうでもいいでしょう？　北上先輩は、ただの隣人ですよ。別に俺と同じ部署ってわけでもないですし……」

心臓が、どくりと奇妙な音を立てた気がした。

苛立つような柴田の声が、耳を通って心臓までざくざくと突き刺さる。

（……ただの、隣人）

改めて言われてみれば、たしかにそのとおりだ。

ただ……偶然、同じ高校の出身だっただけの、顔見知り程度の隣人。

なのに『できればもう一度、彼と一緒に過ごしたい』などと、そんな図々しいことを考えて、部屋から飛び出してきた自分が恥ずかしかった。

真っ赤になった顔とは真逆に、全身の血がすうっと下がっていくのを感じる。

今、この場にいるのが居たたまれない。

柴田の家に呼んでもらったらしい彼女と、ただの隣人でしかない自分。

なのにその単なる隣人が、頼まれもしないのにわざわざお弁当を作って届けようとしていたなんて、滑稽《こっけい》すぎた。

「ところで、なにか用だったんですか？」

「あ…いや、別に……」

本当は渡そうとしていた弁当箱の入った袋を、そそくさと後ろ手に隠す。

柴田には、悟られたくなかった。

「ちょっと……その、買い物に行こうかと思ってて。部屋から出たら、ちょうど柴田の姿が見えたから……」

「こんな時間から買い物ですか？」

「う…うん。ちょっと……そう、買い忘れてたものがあって。そこのコンビニまで……」

苦しい言い訳だったが、他にはなにも思い浮かばずに嘘を重ねる。

だが柴田は雅春の言葉に眉を僅《わず》かに顰めると、なぜか突然、『なら、俺も一緒に行きますよ』と言い出した。

その申し出に、激しくぎょっとしてしまう。

「い、いいよ。お客さんが来てるっていうのに、なに言ってるんだよ。ぱぱっと行ってすぐ買ってくるだけだから」

「別に美沙さんなら、部屋の中で待っていてもらえばいいだけですし……」

――柴田の、部屋の中で待てる女性。

つまりそれだけ、信頼関係があるということか。

柴田は以前、今つきあっている女性はいないとそう言っていたけれど。

（いつの間にか、新しい彼女が……できてたのかな。それとも前に話してくれた、ずっと好きだったという相手と再会したのかも……）

どちらにせよ、雅春にはまったく関係のない話だった。

柴田がいつ恋人を作ったのかも。ただの隣人でしかない雅春に、なにか言えるはずもなかった。

なにもかも関係がない。それを自分は教えてもらえなかったのだとしても。

必要上、柴田の部屋の鍵を預かってはいたけれど。

それが自分だけの特権ではなかったのだなと知った瞬間、立っていた足元が、ガラガラと大きな音を立てて崩れていくのを聞いた気がした。

「……俺は、本当に大丈夫だから。……じゃあごゆっくり」

そう告げると雅春は、弁当の入った袋を手にしたまま、慌てて寮の階段に向かって駆け出した。

背後でまだなにやら柴田が話している声が聞こえてきたけれど、あまりにも場違いな自分がひどく惨めで、情けなくて。

後ろを振り返って、二人の姿をもう一度確かめてみる勇気はとてもなかった。

ぐすぐすとはなを啜りながら、雅春はコンビニまでの道のりをとぼとぼと歩き続けた。

最初から男の自分では、柴田の恋愛対象になれるわけがないことは分かっていたけれど。

それでも……せめて友達として彼の側にいられたらいいなどとこっそり願っていた甘い考えを、見事に叩き潰された気分だった。

（……寮には、戻りたくない）

柴田にはできれば、近くにいて欲しかったけれど。

壁一枚隔てただけの部屋に、今後もああして彼が女性を連れ込む姿を見ることになるのだとしたら、この距離はなんてきつくて、残酷なんだろうか。

コンビニで買い物なんてなにもない。でも今はあの部屋へ戻る勇気はなくて、雅春はコンビニの前を通り過ぎるようにして足を進めた。

（……柴田が本気で好きになった人って、どんな女性なんだろう？）

彼が心から好きになった人。

その人のために、いい加減なつきあいはもうやめたのだと以前、そう話してくれた。

『残念ながら、まったく相手にもされていませんけどね』と柴田は苦く笑っていたけれど。

柴田のような男から言い寄られて、それでも振り向かない女性とは、どんな相手なんだろうか。

その人が、先ほど会ったあのゴージャスな彼女かどうかは分からなかったが、どちらにせよ自分が入り込む余地などまったくないことだけは、理解できた。

自分は柴田にとって、ただの高校時代の先輩で。今では、ただの隣人で。

(友人とも思ってもらえていなかったのは……本当はかなり、ショックだけど……)

「……っ」

めんどくさそうに『彼はただの隣人ですよ』と彼女に紹介していたときのことを思い出すと、じわりと喉の奥がまた熱くなる。

いい年して、そんなことくらいで泣くなんて恥ずかしい。

それでもじわじわと滲んでくるものは止められず、雅春は街灯でできた自分の影を踏みつけながら、ともすれば零れそうになる嗚咽《おえつ》を必死に堪えた。

(恋愛で、こんな風には絶対になりたくなかったはずなのにな……)

こりずに溢れてくる涙を、ごしごしと手の甲で拭う。

初めて自覚した恋心はやっかいで、コントロールがまるできかない。

みんなもっと前から、こんな痛い思いや、ヒリヒリと喉の焼け付くような思いをしながら、大人になってきたんだろうか?

なのにそんな想いも知らずに『恋なんてしたくない』と思いあがっていた自分は、なんて幼くて愚かだったんだろう。

――――心から、誰かを好きになるというとは、魂を揺さぶられるということ。

そういう大事なことを、なにひとつ知りもせずに生きてきた。

そのツケが回り回って、今の自分にきているのだとしたら、自業自得だ。

生まれて初めて恋心を自覚した途端、その心はこっぱみじんに砕け散ってしまったのだから。

(それでも……生まれて初めて好きになった人に、キスしてもらった)

あれが柴田にとっては、ただの間違いだったとしても。

あのとき、たしかに雅春は死ぬほど幸せだった。

だからだろうか。今はもう、『恋なんてしなければよかった』とは思えなかった。

たとえうまくいかなかったとしても、柴田を好きになれたことだけでも幸せで……。

「先輩！」

「……っ？」

いきなり腕を掴まれて、振り返るとそこにありえないはずの男の姿があった。

(ど……うして、柴田がここに…？)

「よかった。見つかって……。駅前のコンビニを覗いてみてもいないから、一人でどこまで買い物に行ったかと……」

まさか雅春が泣いているとは思わなかったのか、振り向いたその顔を見て、柴田は驚いたように目を見開いている。

それに雅春ははっとして、慌ててごしごしと顔を拭《ぬぐ》うと、恥ずかしさを堪えるようにそっぽを向いた。

「な……なんで柴田が、ここにいるの？」

今頃あの美人と、仲良く二人で寮の部屋にいるかと思っていたのに。

「そりゃ、先輩が今にも泣きそうな顔をしてたからでしょう」

「な……」

「まさか、本当に泣いてるとは思いませんでしたけど……。どうしたんです？　もしかして、また、弟さんたちとケンカでもしたんですか？」

「ち…違…っ」

思いがけず泣き顔を見られてしまったことは恥ずかしかったが、弟たちとケンカしたくらいで泣いていると思われるのも、気恥ずかしかった。

だが今はそのことよりも……気遣うような目で雅春をじっと覗き込んでくる、柴田の視線が気になって仕方ない。

「先輩？」

（なんで……そんな顔するんだ）

わざわざ夜の街を追いかけてきたり。雅春が泣いている理由を気にして、心配そうな顔を見せたりする。

――分かっている。昔から柴田は、誰にでも優しいのだ。

ただの隣人のことなど、いっそ放って置いてくれればいいのに。

「別に…弟たちのこととは関係ない……」

「じゃあ、なんで泣いてるんです？」

理由を言おうとしない雅春に、柴田は焦《じ》れた様子で雅春の手をとると、その大きな手のひらでぎゅっと握りしめてきた。

それに、息が止まりそうになる。

「……」

たとえば『目にごみが入ったから』でも、なんでもいい。

この場を誤魔化すための言葉なら、きっといくらでもあるはずだった。

なのに……声が出てこなかった。柴田に握られたままの手のひらが、ひどく熱くて。

――絶対に、手に入らない人。

分かっているのに、雅春はこの手を離したくないとそう思った。

以前、柴田は『死ぬほど好きな人から相手にされない惨めさと、それでも諦められない気持ちを知っている』とそう言っていた。

それを雅春も今、身をもって思い知らされる。

こんなに近くにいるのに、遠い人。

高校最後のデートの日、屋上で一緒に並んで見た何億光年先で輝く星よりも、遠く遠く、絶対に近づけないはずの人。

誰からも好かれる人懐こい王子様。男になんて、かけらも興味がない相手。

そんなこと全部よく分かっているはずなのに、どうして自分は今、時間がこのまま止まってしまえばいいのにと、そんな無理ことばかり考えているのだろう？

「………っ」

（せっかく八年ぶりに会えたのに……）

また、このままさよならするのか。

そんな恋は恥ずかしいとか。どうせ普通じゃないだとか。人に後ろ指を指されるのが、怖いからとか。

そんな……本当はどうでもいい理由をいくつも並べて、一番大事なことに気付かなかったフリをして。

ぽっかりと、その人の形に切り抜かれた胸の空洞を抱えたまま、自分はずっと一人で生きていくんだろうか。恋なんて一生しないと、そう自分に言い聞かせながら。

（───そんなのは、もう嫌だ）

「……だ…」

「はい？　すみません、今なんて言いましたか？」

立ち尽くす二人の影を、通り過ぎる車のヘッドライトが照らしていく。

心配そうにこちらをじっと見つめる柴田の横顔が、白い光の中で綺麗に光って見えた。

その瞬間、雅春はもう一度、震える唇を開いていた。

「柴田のことが……好きだ。……すごく、好きなんだ」

気が付けば、言葉が溢れ落ちていた。

一瞬にして、心が溢れた。そんな感じだった。

「……」

柴田が呆然といった表情で、立ち尽くしているのが分かる。

あまりにも予想外すぎた告白だったのだろう。雅春の手を緩く握りしめたまま、ぽかんとこちらを見つめ続ける視線が、痛くてたまらなかった。

「こ、こんなこと言われても……っ、迷惑でしかないのは知ってるんだ。……しかも、男から…そういう気持ちを向けられることが、どれだけ苦痛なのかも…ちゃんと分かってる。ごめん…っ」

それでも、一度きりでいいから言ってみたかった。

そうしなければ、いっぱいになった心が口から溢れてしまいそうだったから。

「あの。ええと……それは……つまり、友達としてってことですか？」

ようやく衝撃から立ち直ったらしい柴田が、確認するように恐る恐る尋ねてくる。

その言葉に、一度は止まったはずの涙がまたじわりと溢れてくるのが分かった。

ぽとりと落ちて、繋いだままの柴田の手の甲を濡らしてしまう。それを慌てて指先で拭い去りながら、雅春は大きく項垂《うなだ》れた。

（……柴田はきっと、そう思いたいんだろうけど…）

ただの隣人でしかない、しかも男からの告白なんて。普通なら、恋愛対象にすらならない相手だ。それはさんざん経験した雅春もよく分かっている。

けれども雅春は、あえてその先を口にした。

「と、友達……じゃ、ない……」

（こんなこと口にして、どうするんだ……）

柴田が戸惑っていると、知っているのに。

恋なんて愚かで、みっともなくて、ヒリヒリして。

けれど——どうしても一度だけあがいてみたかった。

たとえすぐにこっぴどく、振られることになるのだとしても。

酒に酔った上での単なる間違いでも、あの手で触れてもらえた瞬間、たまらなく自分は幸せだったから。

「あ……あの日も、お前が酔ってて、誰かと間違えたからでも。……してもらえて、本当は嬉しかったんだ…。……っ、…気持ち悪くて、ごめん…」

こんなこと言われても、柴田は困るだけだろうと分かっている。

それでも一度堰《せき》を切った想いは、溢れて止まらなくなっていた。

「今……ここで、そんなことを言うなんて。……あなた、俺を殺す気ですか」

呆然とした柴田の呟きに、ざっと頭から冷水を浴びせられた気がした。全身の血が凍りついていく。

柴田から『嫌がられるかもしれない』とは思ったけれど、まさか死ぬほど嫌がられるなんて……。

「ご……ごめん」

考えてみればここは公道だ。

周りに人影はなかったけれど、こんな場所で男からの告白などされたくない気持ちはよく分かった。

これ以上柴田を不快にはさせたくなくて、慌ててその手を放そうとしたけれど、なぜか柴田は雅春の手を放そうとはしなかった。それどころかさらにぐっと手首を強く握りしめられ、気が付けば雅春はあっという間に柴田の腕の中へと収まっていた。

「……な、に…？」

しかもものすごい勢いでぎゅっとされ、息が止まりそうになる。

もちろん頭の中は、クエスチョンマークだらけだ。

（な……なんだろう？　これって、どういう……？）

「し、柴…田…？」

「いつからです……？」

「え……？」

「いつから……そんな風に、俺のことを好きになってくれてたんですか？」

そんなことを聞かれても、いつからなんて分からない。

柴田が言っていたとおりだ。彼の色々な全てのことが雅春の大事な部分に触れて、いいなと思ったときには、もう好きになっていた。

恋とは多分、そういうものなのだ。

「……わ、分からないけど……。柴田といると、幸せだなと思った。再会してからも、毎日がすごく……楽しくて。一緒におにぎりとか食べてても、それだけでものすごく…嬉しくて……。笑ってくれるだけで、胸がほかほかして……」

でも、それは高校時代からずっと同じだ。

つまりそうやって自覚もないまま、自分はもう随分と長いこと、彼に片想いしていたことになる。

「……俺もです」

「え…？」

抱きしめられたままの腕に、ぐっと力が籠もるのを感じた。

「俺も……ずっとずっと先輩のこと、好きでしたよ」

「……そ、それって…と、友達…として？」

それとも、隣人愛なのか。

恐る恐る尋ね返すと、柴田はたまらない笑顔を見せて、目を細めて笑ってくれた。

そのまま、電光石火の速さで、ちゅっと音を立ててキスをされる。

「……っ⁉」

あまりにもあっさりと落ちてきた唇が信じられずに、固まってしまう。

（こ、ここ。……外で……）

ああ……だけどそんなことは、再び落ちてきた唇のせいで、すぐになにも考えられなくなっていく。

柴田はたっぷりと優しくて長いキスを繰り返したあと、雅春の額にこつりと自分の額を押し当てるようにして、もう一度、にこやかに笑った。

「違います。一人の男として、恋愛対象として。……愛してるって、そういう意味です」

人懐こそうな、あの雅春の大好きな笑顔で。

それから雅春は柴田と二人で、手を繋いで寮まで帰った。

恥ずかしいよと言っても、柴田は子供みたいにはしゃいでいて『せっかく両想いになれたんですから』と笑って、手を放してはくれなかった。

柴田の部屋でベッドに並んで腰掛けている間も、手はずっと繋がれたままだ。

「あ……あの、さっきの……彼女は…?」

部屋の中に、美沙の姿がなかったことにほっとしつつも尋ねると、『ああ。帰ってもらいましたよ。もともとあっちがいきなり尋ねてきただけなので……』とそこまで口にしてから、柴田はふとその先の言葉を止めた。

「……先輩。あの……もしかして、なにか変な誤解とかはしていませんよね? 前にも言ったとおり、俺は今は不誠実なつきあい方とかはしていませんからね」

「うん。誤解かどうかは……、よく分からない…けど」

部屋に入れられるほど信頼を寄せている女性が柴田にいたことは、少なからずショックだった。

そう素直に伝えた途端、柴田はベッドに突っ伏さんばかりの勢いでがっくりと項垂れた。

「そりゃ……信頼してますよ。家族ですしね」

「家族って……でも、たしか柴田には、お姉さんは一人もいなかったよね？」

柴田は雅春たちと同じ、男ばかりの三人兄弟だと聞いている。

「美沙さんは姉じゃなくて、俺の義母《はは》ですよ。柴田美沙。ついでにいうと、うちの社の副社長なんですけど……社内報とかで、見たことないですかね？」

「え……だっ、だって、じゃあなんで、お義母《かあ》さんのことを名前で……？」

「美沙さんは、父の四度目の再婚相手ですからね。もともと親父の秘書やってた頃からの知りあいなので、ずっと名前呼びなんですよ。本人も『いきなりこんな大きな子のお義母さんだなんて老け込むし、そのほうがいい』って言うので、今でもそのまま……って、まさかそれも知らなかったんですか。うちの社じゃ、結構有名な話なんですけど……？」

知らなかった。あんな若くて魅力的な女性が、柴田の義母だなんて。

「前にも言ったでしょう。うちの義母は弁当とかそういうのを作ってくれるようなタイプじゃないんですって。女だてらに世界中を飛び回って、今でも父の片腕やってるぐらいですし。夫婦揃って仕事バカっていうか、戦友みたいな夫婦なんですけどね。それでも……今までの結婚生活の中では一番長く続いてるんだから、相性はいいんでしょうね」

「……知らなかった」

「うちの親父は仕事ができて、金もある分、昔から女にはだらしがない人だったので。上の兄貴たちとも全員母親が違いますしね。……そういう意味では、先輩のお母さんと同じですよ。おかげで俺も、移ろいやすくて壊れやすい『愛情』なんてもの、まるきり信じていなかったですし。……先輩に会うまでの話ですけど」

「……え？　お、俺？」

「そうですよ。俺と似たような状況で育ってきて、『恋愛なんてまるきり信じてません』とか言ってるくせして、半分しか血が繋がってない弟たちのことは、死ぬほど溺愛してて……。部活にも入らないで、毎日なにしてるのかと思えばせっせと弟たちのために毎朝早起きして、おにぎりを作ってる。しかも二人の好きなものを両方入れようとして、毎回具まで変えて……」

「あ…あれは、違うんだよ。……最初は俺も、料理なんてほとんどできなくて。幼稚園でときどきお弁当を持たせなくちゃいけなかったんだけど、おかずをたくさん作る余裕とかまったくなくて。仕方なく、苦肉の策で毎回おにぎりにしていたら、いつの間にかそうなっちゃってただけで……」

「うん。それでもこの人、弟たちのことを本気で愛してるんだなーって思ったら、羨《うらや》ましかったんですよね。だから、先輩がボディガードへのお礼のつもりでも、弟さんのためじゃなくて、俺だけのリクエストでおにぎりを作ってきてくれた日は、死ぬほど嬉しかったんです。たぶん……あれにやられちゃったんでしょうね」

「柴田…」

そんな風に柴田が感じていたことなど知らなかった。

ただ雅春が、彼の好きなものを作っていってあげたかっただけなのだ。

彼に喜んでもらえるのが、とても嬉しかったから。

「うちの兄弟はそれぞれ別の母親に引き取られたまま、交流もほとんどなかったですし。俺の母親とは死別だったたし、父はあのとおりの仕事人間だったんで、結局、俺だけ一人きりイギリスの寄宿舎に放り込まれることになって……」

それもまた初耳だった。

イギリス育ちの恵まれた王子様だなんて噂を聞いていたけれど、背景にはそんな事情があったなんて。

「別に、そのことで親父を恨んだりはしてないですよ？　小さい頃から大人数の生活の中に放り込まれた分、人づきあいは嫌でもうまくなりましたしね。美沙さんも親父の秘書だった頃から、俺のことはよく気にかけてくれて、親父を連れてよくイギリスまで会いに来てくれたりしてましたしね」

「そう…だったんだ」

「……で。まぁ、そういうガキだった頃から色々と知られてる分、なんかもう分が悪いというか。俺が無理やり日本に戻ってきたことで、美沙さんはすぐにピンときたらしくて」

「え……？　無理やり日本にって…？」

聞き捨てならない言葉を聞いた気がして、顔を上げると、柴田は少しだけ困ったような顔をして唇を開いた。

「先輩がうちの会社に入ったことは、知ってましたよ。いつか会いに行こうと思ってましたしね。で、俺も本当はあと一年ぐらい、武者修行も兼ねてアメリカ支社にいるはずだったんですけど……今年から、先輩が寮に入るらしいって話を聞きまして。慌ててあっちの仕事を切り上げて、戻ってきたんです」

「それ…って…？」

「その上、寮にまで強引に頼み込んで入ったりしたから、美沙さんには『なにかあるんでしょ』ってすぐに分かったみたいで。今日は、そのさぐりを入れにきたんですよ」

「だから……俺のことは……ただの、隣人だって紹介したの？」

雅春と関係があるとバレるのが怖くて、わざと親しくないフリをしたのだろうかと不安になる。

だが柴田はなぜがその質問には目元を赤く染めて口元を手で押さえた。

「……すみません。先輩のことをないがしろにしたつもりじゃなかったんです。……ただ、バツが悪いでしょう？　……自分の母親に、片想いの相手がバレるとか」

「…か、片想い？」

「そうですよ。……しかも相手からは、まったく男として意識されてなくて。とうとう焦って強引に手を出して、自己嫌悪でジタバタしてる姿を見られるなんて……。もう死ぬほど恥ずかしいじゃないですか」

そう言うと、柴田は『まぁ、それもさっき先輩を慌てて追いかけていったことで、きっともうバレバレでしょうけどね』と肩を竦めて笑った。

その言葉に、さぁっと血の気が失せていく。

「お、お義母さんに、バレたとか……。そんなの…」

副社長である美沙にバレたというのなら、その夫である柴田の父、つまりは社長にもバレてしまったことになるのではないだろうか。

だが、柴田はまるで気にもしていない様子で首を横に振った。

「そんなこと、先輩は気にしなくていいですよ。……前にも言ったでしょう？　恋愛なんて個人の自由なんですから。しかも俺たちはいい大人で、互いに好きあってる。おつきあいするのになにも問題はないですよね？」

「そ、そうだけど…」

「それに恋愛に関していうなら、今までさんざん相手をとっかえひっかえしてきた親父に、なにか言えるはずもないですからね。美沙さんもああいうさばさばとした女性なので、義理の息子の伴侶《はんりょ》が同性だろうと、まったく気にしませんし」

そういう問題なんだろうか。

いくら三男とはいえ、大企業の社長令息が同性とつきあってるなんて、外聞が悪いだけじゃないのかと焦る雅春に、柴田はいつもの笑みでカラカラと笑った。

「うちの親父なら、むしろ難攻不落で有名だった片想いの相手をゲットするなんて、よくやったと褒めてくれると思いますよ？　そういう恋愛主義なとこ、俺とはよく似てるので」

そう言ったあとで柴田は、『あ、でも俺は親父と違って一途ですから。恋人は死ぬほど大事にしますし、浮気もしません。そのあたりは全然似てないので、安心してください』と慌てて付け足した。

「俺、俺……社長にご挨拶しなきゃ……」

「え？　もしかして、『息子さんを俺にください』っていうアレ、先輩がやってくれるんですか？」

「……バカ、そういう話じゃなくて……」

（いや、でもやっぱりそういうことになるのかな……）

どう言葉を変えたところで、伝えたい気持ちは変わらない。

柴田を好きなこと。彼とずっと一緒にいたいということも。

さっきからずっとニコニコと笑っている柴田は、どうやら珍しくも本気で浮かれているらしい。

雅春の手を楽しそうに握りながら、いつも以上にその目尻にしわを浮かべている。その笑顔を見ているうちに、彼のお願いごとならなんでも叶えてやりたくなってしまった。

「うん……。ちゃんと挨拶するよ。柴田がそれでいいなら」

「え、本気ですか?」

どうやら、雅春が同意してくれるとは思っていなかったらしい。

一瞬、虚を衝《つ》かれたように固まったあと、柴田はぱあぁっと顔を輝かせた。

そんな嬉しそうな顔を目にしてしまったら、ますます後に引けなくなってしまう。

「じゃあ、俺のほうも近いうちに、先輩の弟さんたちとお父さんに、結婚のお許しをもらいに行かないといけませんね」

「そ、それはいいから!」

いきなり余計なことまで思いついた柴田に、ぎょっとなる。

「え?　なんでですか?」

「……それは、本当にいいから」

「そういうわけにはいかないでしょう。先輩の弟さんたちは、今後、俺の弟にもなるわけなので。一度はちゃんときっちり、ご挨拶しておかないと」

だがにこにこ笑うばかりで主張を変えてくれそうもない恋人に、雅春は乾いた笑みを漏らした。

（さんざん祥君たちのことを反対しておきながら……、俺が男の恋人を連れ帰ったりしたら、なんて思われるんだろ…？）

でもそれこそ自業自得だろう。先日家に帰ったときに、匡にもちゃんと謝ったし、弟たち二人のことは今はもう祝福している。

「それと……一つお願いがあります」

「なに？」

改まって、なんだろうかとその真剣な表情に、どきりとした。

「先輩は自分ではしっかりしているように思っていて、実は結構な天然でぽやぽやしてるところが可愛いといえば可愛いんですけどね。あなたはもう俺のものになったわけですから、もう少しだけ危機感を持ってくださいね」

……その評価はなんだろうかと思いつつも、首を傾げる。

「危機感って…？」

「まず、川島さんとは絶対に二人きりにならないこと。それから外でお酒を飲むときは、俺がついていくか、必ず迎えに行かせること。記憶をなくすような深酒も禁止です」

「だから……この前飲みすぎて迷惑をかけたのは、悪かったって…」

「別に迷惑とかじゃなくて、心配だから言ってるんです。……先輩は酔うとますます色っぽくなりますしね。そこに誰かがフラフラっときたらどうするんですか？　本当は外では一滴も飲ませたくないくらいなのに」

子供っぽい独占欲をまざまざと見せつけられて、思わず押し黙る。

ここは喜ぶべきなのか、呆れるべきなのかよく分からないまま、雅春は顔を赤くして俯いた。

(……知らなかった)

きっと一生、誰にも執着なんてすることはないのだろうと信じていた王子様は、実は結構な焼きもち焼きだったらしい。

「先輩、聞いてますか?」

「うん…。分かった」

素直に頷くと、柴田が満足げな顔をしてその頭を抱き寄せてきた。

その笑顔につられて、雅春も知らず知らずのうちに笑みが浮かんでくる。

思えば昔からそうだった。まだ愛想笑いがうまくできなかったころから、雅春は彼の前にいるときだけは、自然と笑みが零れていた。

それが恋の作用だというのなら、自分はもうずっと昔から、この目の前にいる男に恋をしていたのだろう。

人懐こい笑みを浮かべながら、雅春の唇へと落ちてきた何度目かのキスは、胸が痺《しび》れるほど甘ったるかった。

純情と恋情

「川越の新営業所？　俺は行きませんけど」

意を決して尋ねてみたにもかかわらず、あっさり首を横に振られて、雅春《まさはる》は目の前にいる柴田《しばた》の顔をまじまじと見つめた。

「え……そう、なの？」

「はい。営業所の設立までは手伝うって約束だったので、ここ最近はずっとあっちにかかりきりでしたけどね。でも新営業所に異動したいなんて、思ったこともないですし……」

「でも……所長候補として名前があがってるって聞いたけど？　若手の中ではすごい出世だって…」

だがそれはどうやらただの噂話《うわさ》にすぎなかったのか、柴田はにこっと笑って否定した。

「出世なんて、いつかすればいいんです。それに社長の身内だからって、甘やかされるのもごめんですしね。だいたい……そんな遠くへやられたりしたら、寮に入った意味がないじゃないですか。せっかく頼み込んで入れてもらったのに」

言いながらにこっと笑ってみせたその笑顔に、思わず見とれそうになりながらも、雅春は『あれ？』と首を傾《かし》げた。

「寮に入るの、大変だったんだ？」

「……まぁ。アメリカでの引き継ぎに、思ったより時間がかかってしまったので。うちの寮の希望者って毎年それなりに多いですから。なんとか部屋を押さえてもらえるよう、それだけはこっそりと知り合いにお願いしておいたんです」

どうりで一カ月以上経っても、隣室が空き部屋のままだったはずである。

「そうだったんだ…」

「おかげで無事に寮に入れて、本当に良かったですよ。北上《きたがみ》先輩ともこうして再会できましたしね」

考えてみれば不思議な縁だ。

高校以来、柴田とは一度も会っていなかった。その彼とこうして偶然にも隣人として再会していなければ、きっとこんな風に再び親しくする機会もなかったはずだ。

「そうだね。でもその寮で偶然、隣同士の部屋になれたなんて、俺たちほんとすごいラッキーだったよね」

「……そうですね。本当によかったです」

嬉《うれ》しさを隠しきれずへらっと笑うと、柴田もにこにこと笑って頷《うなず》いてくれた。

それだけで胸がほかほかと、温かくなってくる。

「あ……柴田。ご飯のおかわりいる？」

「ああ。ありがとうございます。……先輩が作ってくれたこの鮭いり混ぜご飯、本当に美味《おい》しいですね」

いつの間にか柴田のお茶碗が空になっていたのに気付いて、手を差し出すと、柴田は嬉しそうに笑って、雅春の手料理を褒《ほ》めてくれた。それにまた胸がきゅんと熱くなる。

頬《ほお》がじわっと赤くなるのを誤魔化すようにそそくさと席を立つと、雅春はしゃもじを手に炊飯器へと向かった。

（……ほんと、嘘みたいだな…）

柴田とこうしてまた向かい合って、一緒にご飯を食べられる日がくるなんて。

しかも今の彼はただの隣人ではない。

柴田は、雅春の恋人……なのである。

高校のときみたいに見せかけではなく、今度は本当の意味での恋人同士だ。柴田は男である雅春のことを、本気で可愛いと言い、会うたびに『好きです』と言ってくれる。

それが……死ぬほど嬉しい。

かつては恋愛アレルギーだなんて言われていたのが、嘘みたいだ。

今はもうただ、柴田といられるのが嬉しくて。彼に『可愛い』だとか『好きです』だとか言ってもらえるたびに天にも昇るような心地になって、ふわふわと足が地面につかなくなってしまう。

雅春と付き合うようになってから、柴田は残業をあまりしなくなった。

その分、朝は人よりも一時間以上早く出社し、仕事に取りかかる。

残業しなくて済むように、一日の時間配分を効率よく考えるため、以前より仕事にも集中できているのだという。

そうして退社後は、雅春とともに近所のスーパーへ買い物にいき、その日のオススメ食材を使って夕食のメニューを一緒に考えたりもしてくれる。

そんなささやかな毎日が、雅春にとってはこの上もない喜びになっていた。

「あ……ビールももうないね。新しいのとってこようか？」

お茶碗を渡すついでに、空になったグラスに気付いて再び立ち上がりかけたとき、テーブルの上の雅春の手に、柴田の大きな手がそっと重ねられた。

そのことにドキッとして、全身がびくりと揺れてしまう。

「もういいですから。先輩もゆっくりと座って、ご飯をちゃんと食べてください。ビールぐらい自分でとりに行けます」

「でも…」

柴田に触れられたままの手のひらが、ひどく熱い。

全身が強ばり、心臓がドキドキと激しく脈を打ち始めていく。

（――ああ。どうしよう…）

柴田の黒い瞳にこうしてじっと見つめられたり、その手で触れられるたび、雅春はまるで自分がブリキでできた、出来損ないのロボットになったような気持ちになる。

動かすたびに全身がカクカクと鳴る、あれだ。

見つめられているうちに、頬がかぁぁぁと熱くなっていくのが分かる。そんな自分の変化が恥ずかしくて慌てて俯《うつむ》くと、雅春の手のひらを握りしめていた柴田が、ふっと小さく息を吐く気配がした。

「……前に、なにかのエッセイで読んだんですけどね。大人になってからの本気の初恋は、かなりこじらせるそうですよ？」

柴田がなぜ唐突に、そんなことを言い出したのかはよくわからなかった。

「そ…う、なんだ？」

「ええ、そうなんです」

（大人になってからの初恋はこじらせる、か。……本当に、そのとおりなのかも…）

弟たちのようにまだ十代の頃に一生懸命、恋に泣いたり笑ったり。誰かのことを想って嬉しくなったり、心を痛めたり。

そうやって必死にあがきながら、みんな少しずつ大人になっていくのに。

大事な経験をまるごとすっとばして、自分はこの歳までなにもせずにきてしまった。

経験値などゼロに等しい自分が、柴田に触れられるだけで舞い上がったり、その言葉一つで天国や地獄にいるみたいな気持ちになるのは、やはり『遅すぎた初恋』をこじらせているせいなのか……。

柴田みたいにスマートな恋愛をたくさんこなしてきたはずの男には、手を握られたぐらいであたふたする自分など、さぞかし滑稽《こっけい》で物足りなく見えることだろう。

（……気を付けないと）

柴田が言うように、きっと自分は死ぬほど『大人の初恋』をこじらせている。

そのせいで、柴田に重いと思われないようにしなければいけない。舞い上がり過ぎて、地に足がつかないでいることも悟らせぬように。

「だから、あまりそういう顔をして煽《あお》らないでください…」

「え……？」

どういう意味なのかと問いかける前に、柴田がその男らしい眉を困ったように下げてふっと黙りこんだ。

「……っ」

ほんの一瞬、落ちた沈黙。

その隙にすっと近づいてきた唇に、さりげなく小さなキスを落とされた。

柴田の唇はすぐに離れていったけれど、雅春は今にも心臓が口から飛び出そうなほどの激しい衝撃を覚えて、慌ててぎゅっと目を閉じる。

「ビールのお代わり、とってきますね」

「……う、うん」

あとはもう顔を真っ赤にしたまま、かくかくと頷くしかできなくて。

柴田とキスをするのは、なにもこれが初めてじゃない。付き合う前にもしたことがあったし、付き合い始めてからはもう何度もキスしている。

（なのに、どうしていまだにこうなんだろう……？）

柴田からキスされるたび、雅春は毎回心臓がぎゅっと摑《つか》まれたような心地になり、今にも倒れそうになってしまう。

いい加減、もう慣れてもよさそうなはずなのに。

こんな些細なキスで息が止まりそうになるのだから、よほど自分は経験値が足りていないのだろう。

昔から『王子様』などと揶揄《やゆ》されるほど整った、綺麗な横顔。彼が目を細めて笑うと、目尻に皺《しわ》が寄ってすごく人懐こく見えるのも知っている。

そんな彼が……自分なんかに甘ったるいキスをしてくれるたび、まるで夢のようだ思ってしまう。

だがそれと同時に、ちりっとした胸の痛みを感じるのもまた事実なのだ。

（だって……柴田は絶対、こういうことに慣れてる）

キスを仕掛けてくるタイミングも。さりげない仕草も。

あんな風に会話の途中ですっとキスをして、なにごともなく席を立っていけるなんて、雅春だったら考えられないことだ。

キスしたあとでも涼しげな顔をして、新しいビールに口を付けている恋人の顔を、こっそりと窺《うかが》う。

自分はいまだに心臓が苦しくなるほどバクバクしているのに、これが経験の差というものなのか……。

（……そうだよね。柴田なら、慣れてるに決まってる…）

高校時代だって、彼女が途切れたことはなかったはずだ。

アメリカにいた間のことはあまり話さないけれど、柴田ならあちらでもきっとモテていただろうことは容易く想像がついた。

（——あ、まずい）

ふいに胸の奥から、なにか熱いものがじわりとがこみ上げてくるのを感じて、慌てて下を俯く。

つきあう前は、こんなことを考えたことすらもなかったのに。

柴田がモテるのなんて当然だとずっとそう思っていた。

営業部の花形で、社長の御曹司で。背が高くて、なにをやらせてもスマートでそつが無く、なによりかっこいいのにそれを鼻にかけたりもしない。

本当に魅力のある人間というのは、いちいち意識しなくてもカッコイイものなんだなと、柴田を見ていると本気でそう思う。

だからときどき……怖くなるのだ。

キラキラとしている柴田とは違って、地味で経験値もほぼない自分。キスされても、うまく応えることすらできていない。

それに……柴田とは恋人としてつきあい始めて、そろそろ一カ月にもなるというのに、さっきみたいなささやかなキスや、ちょっとした触れあいはあっても……柴田はそれ以上、強引に迫ってきたりはしなかった。

そんな彼の余裕ぶりが、少しだけ切ないときもある。

(こんな……ママゴトみたいな恋愛で、柴田は本当に満足してるのかな……？)

ときどき彼から施される色々なことを思い出すと、とてもそうは思えないのだが……。

柴田は雅春に触れてきても、無理なことは一切しない。

慣れた手つきで雅春をあっさりと追い上げては、全身をめろめろにするだけで、柴田自身は服すら脱がないまま、何もせず終わってしまうことも多い。

大人のつきあいに慣れた女性だったなら、その先についてもうまく応えることが出来るのだろうけれど。自分は与えられる刺激についていくのに精一杯で、いつも一方的にされるがままで終わってしまうのだ。

(……ちゃんと自分も、柴田を喜ばせたいのに……)

とはいえ、柴田も男同士の恋愛はこれが初めてだというし、雅春にとっては柴田がなにもかもが初めての相手だ。

これ以上、どう恋人として距離を縮めたらいいのかも分からぬまま、雅春はそっと小さく溜《た》め息を吐き出した。


「あ！　春《はる》兄、おかえりー」

「祥《しょう》君、ただいま。……あれ？　忍《しのぶ》君は？」

「いま、高槻《たかつき》をつれて買い物に行ったよ。荷物持ちさせるんだってさ」

久しぶりに顔を出した実家で出迎えてくれたのは、次男の祥平《しょうへい》一人だった。もう一人の弟は、どうやら買い物に出たばかりらしい。

今日は久しぶりに家族揃って、焼き肉でもしようという話になり、雅春も実家へと寄ったのだ。

父は残念ながら仕事で不参加だったが、他にも祥平の恋人である匡《たすく》も夕食に呼んである。

だがどうやらその他にももう一人、別の客人がいるらしい。

「そうなんだ……。でもたしか高槻君って、忍君の家庭教師だったよね？　先生に荷物持ちなんてさせちゃってもいいの？」

「いいんじゃないの？　家庭教師の日でもないのに、あっちが勝手に遊びにきたんだからこき使ってやるって、忍がぷりぷり怒ってたし。高槻も忍のメシ目当てで遊びにきたんだろうから、荷物持ちくらい喜んでするんじゃない？　それになんだかんだいって、あの二人仲いいしね」

もともとは祥平の知り合いだったという大学生の高槻は、今は忍の家庭教師としてこの家によく出入りしているらしく、雅春も何度か顔だけならあわせたことがあった。

聞けば有名大学の法学部に通っているとかで、頭はすごく良いらしい。

そんな高槻と、あのクールな三男のどこに接点があるのかはよく分からなかったが、祥平が『あの二人は仲が良い』というのなら、きっとそのとおりなのだろう。

「あのさ……祥君。今、ちょっとだけいい？」

「うん。なに？」

家に今二人きりだというのなら、ちょうどゆっくり話せる機会だ。

美少女のようなその容貌に似合わず、椅子の上でどっかりと胡座《あぐら》をかいている弟の前に、雅春もそっと腰を下ろした。

「……ええと。その……祥君は匡君のことって、いつから好きだったの？」

以前から一度聞いてみたいと思っていたことを思い切ってぶつけると、弟は驚いたような顔をしたあとで、白い頬をさっと赤く染めた。

「い、いきなり、なんで？」

「うん。……できたら一度、ちゃんと聞いてみたいなと思ってたんだ」

別に興味本位で聞いたわけではない。

ただ……知りたかったのだ。

この目の前にいる弟は、いったいいつからあんなにも胸が痛くなるような、たった一人のことだけが特別になるような、そんな恋をしていたのだろうかと。

「ええと。んー……。気が付いたときにはもう、匡のことは大好きだったし。匡もそうだったみたいだから、はっきりとは……」

「じゃあ、二人がつきあい始めたのっていつ頃から？」

「いつからっていうのも、あんまり考えたことないけど……。でも匡と……その、まぁそういう関係になったのは……二年半ぐらい前だったかな？」

「に……二年以上も前から…？」

思わず言葉を失ってしまう。

（――ぜんぜん、気が付かなかった…）

その時期なら、自分もまだこの家に一緒に住んでいたはずなのに。

同じ屋根の下で弟たちが真剣に愛をはぐくんでいたことも、ましてやつきあっていたことすら、自分はまったく知らないでいた。

無言で固まってしまった雅春を目にして、祥平は慌てたように唇を尖《とが》らせた。

「あのさぁ。なんでいきなりそんなこと、春兄が聞いてきたのかは知らないけど。もし春兄が、まだ匡とのこと反対してんなら……」

「ち、違うよ。そうじゃない。そうじゃなくって……」

二人のことに関しては、今はもう反対などしていない。

最初に頭ごなしに反対してしまったことについては匡にもちゃんと謝ったし、今は心から二人を応援もしている。

匡ほど祥平のことを大事にしてくれる相手も、そうはいないだろう。

ただ――どちらかというと高校生男子としては幼くて、天然気味で。まだまだ子供だなぁなどと微笑《ほほえ》ましく思っていたはずの祥平が、いつの間にかそうした肉体こみでの大人の恋愛をしていたことは、やはり衝撃だった。

二十歳を過ぎてもいまだ清らかなままの自分とは、あまりにも対照的だ。

「……あの……嫌じゃなかった？」

「嫌って、なにが？」

「ほら……だって。その……匡君も、祥君と同じ男の子でしょう？」

下世話な話かもしれなかったが、この細っこくて愛らしい弟が、あのガタイのいい幼馴《おさなな》染《じ》みを組み敷いている姿はどうしても想像がつかない。

だとしたらやはり……抱かれているのは、祥平の方なのだろうと思う。

「好きな相手とはいっても、やっぱり男の子同士なわけだし。抵抗とかは無かったのかなって思って。自分が、その……女の子みたいに扱われることに……」

以前の雅春は、それが死ぬほど嫌で嫌でたまらなかった。

自分が母と同じ男好きだという目で見られたくはなかったし、男でありながら同性に言い寄られることも、我慢がならなかった。

――柴田とつきあい始めてからはもちろん、そんな風に思ったことは一度もないけれど。

「匡は、そんなことしねーよ？」

だが祥平はそう言って、きょとんとした顔で肩を竦《すく》めた。

「そりゃ、その……されてるのは、いつも俺のほうだけどさ。だからって匡に女扱いされてるとか、感じたことないよ？　匡がいつも死ぬほど気を使ってくれてんのも分かるし。その……してるときもさ。俺が痛くないかとか、きつくないかとか……そんなんばっかり気にしててて…」

「そう、なんだ…？」

「うん」

なんだか匡らしいなと思った。

あの隣の幼馴染みは、昔から祥平のことを宝物のように扱っていたから。

「それにさ、一番最初にしたときなんか……終わったあと、匡の方がずっと泣いてたぐらいだもん」

「た、匡君が…？」

「うん……あっと。これ、匡には内緒な？」

そう言って祥平は悪戯《いたずら》っぽく笑ってウィンクしてみせたが、正直、想像がつかなかった。

弟よりもずっと大人《おとな》っぽく、しっかりもののイメージだった匡が、祥平の前で泣いただなんて。

「あのときさー。なんか俺……、匡にすっげー愛されてんだなーって、そう思ったよ」

「……そう」

「うん。あ、もちろん俺も匡のことは、すごい好きだけどね」

てへへと照れくさそうに笑った弟は、いつも以上に可愛《かわい》らしく、バラ色の頬が美しかった。

思わずその眩《まぶ》しさに、目を細めたくなるくらいに。

「ほんとにすごいよね。祥君たちは……」

「なにが？」

「そんなに昔から……ずっとお互いのことが大事で、大切で。すごい信頼しあってるんだね」

雅春が『恋なんてしたくない』と頑《かたく》なに自分の殻に閉じこもっていた間、弟たちはぶつかったり、傷付いたりしながら、真剣にその恋を育ててきたのだ。

それを思うと、いかにこれまでの自分が世間知らずで幼かったかを思い知らされる。

「別にそんなに立派でもないよ？　俺たちだって、ケンカなんかたくさんしてるしさ。キスとかにも慣れちゃってて、ときどきおざなりなときとかもあるし。なんだよなーって思うこともあるけど。でも……俺が『そういうのって愛が足りない』って怒ると、匡もすぐ反省して何度も謝ってきてくれるし。……恋愛に関して言うなら、女とか、男とか、あんまり関係ないよなーって思う」

二人の様子が目に浮かんでくるようで、思わずクスっと笑ってしまう。

（きっと、匡君のほうが祥君の尻に敷かれてるんだろうね……）

だがそれすらも、あの幼馴染みならば嬉しいに違いなかった。

「それにさ。……本当はこれ、悔しいから、あんまり言いたくないんだけど……」

「うん。なに？」

「匡って……俺の前ではいつも、ちょっとアホエロっぽいことばっか言ってるけどさ。あのとおり頭はいいし、カッコイイし。……アイツとつきあいたいって女の子は、いくらでもいるんだよな。バレンタインとか誕生日とかに、死ぬほどプレゼントとかもらってんのも知ってるし。……本人は一応全部断ってるらしいんだけどさ。しかもその相手って、聖女のお嬢様とかだよ？」

言いながら祥平は、その桜色の唇を怒ったように尖らせた。

「アホエロって……またそんな風に言って。……でも、そうだね。匡君も昔からよくモテてたよね」

柴田もそうだったが、匡も近隣の女子高生たちにとってはどうやら憧れの存在らしい。将来性があって、男前で。しかも頭もいいとなれば、周りが放って置くはずがないのだ。女の子たちのアンテナは、そういうことに関してとても鋭くできている。

「それに……ああいう、イチャイチャとかもさ。……別に男の俺なんかとわざわざしなくっても、本物の女の子としたほうが絶対にやらかくて、気持ちいいんだろなーとか、思うし……。もし匡がその気になったら、すぐ他の相手とかも、見つかるだろうし……」

「祥君……」

どうやら雅春が柴田に感じている引け目のようなものを、祥平も匡に対して抱いているらしかった。そのことを知って、言葉をなくしてしまう。

「匡のおばちゃんだってさー、俺なんかより、匡が女の子とフツーにつきあってくれたほうが嬉しいんだろうなーって、やっぱ思うし。……だからもし、そういうときがきたら……俺はちゃんと諦《あきら》めないとダメなんだろうなって、そういうのもわかってるんだけど……」

(そんな風に……考えてたんだ……)

恋人とは完璧なまでの両想いで、幸せな毎日を満喫しているはずと思っていた弟が、実は天真爛漫《てんしんらんまん》なその笑顔の裏で、こっそりとそんな風に胸を痛めていたのだと知って呆然としてしまう。

普段はかなり気が強く見えても、祥平は人の気持ちに敏感で優しい弟だ。さらにいえば、根っこのところではかなり臆病なところもある。

「でも、俺……俺ね。匡のこと、そんな風に簡単に、諦めらんないんだよ……」

「そんなの…当たり前だよ」

「ほんとの女の子になんて、敵うわけないのが分かっててもさ……。それでも……それでも俺、匡のこと……好きなんだよ」

言いながらきゅっと唇を噛んだ弟の横顔が、今にも泣き出しそうに見えてあわあわしてしまう。

無防備にその心を晒《さら》す弟の姿が切なくて、胸がきゅうと締め付けられる気がした。

「祥君……あの、変なこと聞いたりしてごめん。ごめんね？　……大丈夫だよ。あの匡君に限ってそんなことはないって思うし。そんな……心変わりなんてこと……」

想像しただけでも悲しくなってしまったのか、ぽろりと祥平の頰に一粒零《こぼ》れ落ちた涙を目にして、雅春はそれはもう激しく慌てた。

祥平の隣へと移動してその細い肩を引き寄せ、髪を撫《な》でながら必死に慰める。

……いったいいつから祥平は、こんな風に静かに泣くことを覚えたのだろう？　いつも自分の気持ちに素直で、なにか哀しいことがあれば声を隠さず大泣きしていた子供の頃が嘘《うそ》みたいだ。

そしてそれと同時に、ここまで一途にまっすぐ人を愛せる弟に、密かに感動もしていた。

『匡のことが好きで好きでたまらない』と、そうてらいもなく口にできる弟の姿は美しかった。恋なんてあやふやなものに溺《おぼ》れる人達を、『情けない』と思っていたのが嘘みたいに。

そのとき、カタリと背後に人の立つ気配がした。

「……ちょっと、雅春さん。なに人の恋人を、勝手に泣かせてるんですか…?」

低い声にはっとして振り返ると、いつの間に家に来ていたのか、仁王立ちしてこちらを見つめている匡と視線があった。

匡は肩を震わせて泣いている祥平と、それを慰める雅春を見つめ、剣呑《けんのん》に目を細めている。

匡にとっては、たとえそれが恋人の兄であっても、祥平を泣かせる存在は全て許し難《がた》いらしかった。

「匡君こそ。祥君を泣かせたり、祥君がいるのに他の子に心変わりとか、絶対、許さないからね!」

大事な弟を託すのだ。そんな不実なことはさせないと、珍しく雅春が強い口調で釘を刺すと、匡は『は?』と首を傾げた。

「な、なにがです? ……っていうか心変わりって、いったいなんの話ですか?」

いきなり突きつけられた身に覚えのない台詞《せりふ》に、匡の顔にあたふたとした困惑の色が浮かんでいる。

それをじっと睨《にら》みつけつつ、祥平の口から先程零れ落ちた不安の言葉をそのまま匡へと伝えると、匡はこめかみのあたりを指で押さえながら、大きな溜め息を吐き出した。

「……まったく。そんな……天地がひっくり返ってもあり得そうもない話、俺のいないところで勝手にしないでくださいよ…」

そうぼやくと、匡は雅春に頭を撫でられながらはなを啜《すす》っていた祥平の肩を抱き、自分の方へと抱き寄せた。

「祥、ほら。もう泣きやめって」

「……ん…」

「あのな……。俺が心変わりなんてするはずないってことは、祥も知ってるだろ?」

「……っ」

匡が言い聞かせるように呟《つぶや》いた途端、『心変わり』という単語が胸に強く引っかかったのか、喉を鳴らした祥平の大きな瞳からは、再びどっと涙が溢《あふ》れ落ちた。

「しょ……祥君」

そんな弟の姿におろおろするだけの雅春と、自分に縋《すが》り付くようにして泣いている恋人を交互に見つめたあと、匡は『……だめだこりゃ』とばかりに天を仰いだ。

「ほら、祥。おいで」

それから匡は優しく祥平に声をかけると、泣きやみそうもない恋人の肩を抱いて、席を立った。

「ちょっとあっちで祥のこと慰めてきますから。……しばらくは、祥の部屋には近寄らないでくださいね？」

「う、うん」

有無を言わせぬような強い視線でそう告げられて、慌ててこくこくと頷く。

「それから……忍に関しては、春兄に全てお任せしますから。責任もって、春兄が宥《なだ》めてくださいよ」

「え……？」

（宥めるって……なにをだろう？）

そう首を傾げつつも、雅春は部屋を出て行く二人の背中を静かに見送った。


（——どう、どうしよう……）

だがそれからしばらくたっても、祥平と匡は部屋の中から出てこなかった。

自分が余計なことを言ったせいで、ケンカになってしまったのだろうか。そう考えると、どっと嫌な汗が背中に浮かんでくる。

（ま、まさかとは思うけど、別れ話とかにはなってないよ……ね？）

部屋にはしばらく近寄らないようにと匡から釘を刺されてはいるものの、本当にこのまま放置していいものなのか。

どうしていいかわからず、祥平の部屋へと続く廊下を行ったり来たりしているうちに、がちゃっと音がして玄関の扉が大きく開いた。

はっと顔を向ければ、そこには三男の忍とともに、山のような荷物を抱えている高槻の姿が見えた。

「春兄？　なにそんなとこで動物園のクマみたいにウロウロしてんの？　祥兄は？」

「忍君…」

ようやく自分以外の誰かが帰ってきてくれたことに、ほっとする。

この緊迫状態をどうすればいいのか分からずに、雅春は忍に泣きついた。

「どうしよう……。俺が余計な話をしたせいで、匡君と祥君がケンカになってるかもしれなくて……」

「はぁ？　なんで」

雅春が慌てて先ほどの経緯を説明すると、忍はなぜだか不機嫌そうな顔でむっつりと黙り込み、隣の高槻もどこか遠い目をして『あー…まぁ。それは……』となにやらもごもごと口ごもった。

「どうしたらいいんだろう？　このままじゃやっぱりまずいよね？　もう三十分近く経《た》つのに、二人ともぜんぜん部屋から出てこないんだよ。もしかして……まだケンカしてるのかな…？」

おろおろと心配するばかりの雅春に、高槻は『ハハ』と乾いた笑みを浮かべた。

「あー……それならそっとそのまま、放って置いたほうがいいんじゃないですかねー。第三者が余計な首つっこむと、ますますこじれることもありますし…」

「高槻君……」

情けない話だったが、友人とケンカをしたこともなければ、恋愛に関しては若葉マークをつけたての雅春では、こんなときどう対応すればいいのかもよく分からない。

「…っざけんなよ、あのクソ男！　こんな真っ昼間っから…」

だがその隣でそう低く吐き捨てた忍は、全身から怒りのオーラを滲《にじ》ませたまま、キッチンへとズカズカ歩いて行ってしまった。

「忍君……？」

その背中をぽかんと見送る。

同じようにそんな忍を『あーあ…』という顔つきで見送った高槻は、ガリガリとその頭を掻《か》くと、肩を竦めた。

「あの二人のことはともかく放っといていいですから、雅春さんは、できたら忍のほうを宥めてやってください。あのままだと、そのうち刃物でも持ち出しかねないっつーか……」

「え、忍君が？　どうして？」

そういえば、たしか匡も先ほど似たようなことを口にしていたような……？

「まぁ。人の恋路の邪魔をすると馬に蹴られるって、昔からよくいいますしね。しばらくは二人きりにしておいてあげましょうよ」

そう言うと、高槻も忍のあとを追いかけるように、キッチンへと行ってしまった。

ぽつんと一人その場に取り残される形となった雅春は、しばらくぼうっとしたまま廊下に立ち尽くしていたけれど。

（――やっぱり、気になる）

前回、自分が頭ごなしに反対してしまったせいで、二人には嫌な思いをさせたのだ。

自分のせいでこれ以上、あの二人に気まずくなって欲しくない。雅春はそう意を決すると、祥平の部屋へと足を向けた。

呼吸を整えて、廊下からそっと部屋の中の様子を窺う。

「あの、祥君…？　匡君？」

小さく扉を叩いてみたけれど、中から返事はない。

仕方なく、もう一度扉を叩こうとしたそのとき……扉の向こうから、弟の啜り泣くような微かな声が聞こえた気がして、雅春はピタリとその手を止めた。

「…匡…っ、…や……っ」

瞬間、さぁぁっと音を立てて全身から血の気《け》が下がっていく。

（——嘘。匡君が……祥君を泣かせてるの？　まさか……）

匡だけは、絶対に祥平を傷つけたりしないと信じていたのに。

「…ん……、匡ぅ…」

啜り泣くような弟の声が再び響いてきて、雅春はいてもたってもいられずにドアノブに手をかけると、そっと扉を押し開けた。

薄いカーテン越しに差し込んでくる光のせいで、逆光となった二人の姿はよく見えなかった。

それでも二人がベッドで向かい合って座っているのだけは、なんとなくわかる。

「祥…？　ほら。俺は誰のものなんだ？」

「……俺、俺の…っ」

「そうだよな。……ん。…これも、祥のだよな？」

「ん…っ、うん。俺の…っ」

目が慣れてくると、匡の手が祥平の腹の下あたりでなにやら蠢《うごめ》いているのが見えた。だが

それよりも気になったのは、ぴったりとよせあった二人の腰の動きだ。

（――――え…？）

驚いたことに、祥平は下半身になにも衣類を身につけていなかった。

匡はジーンズの前だけをくつろげた状態で、祥平の小さな尻を掴むようにして、自分の腰の上に座らせている。

その二人の腰の動きは、ぴたりと同調していて……。

「祥……どうなんだ？」

「ん……これ。中の…っ、お…っきいの……も、全部、俺の…っ」

「だよな…？　……祥が、こうさせてるんだもんな？」

そう言って下から突き上げるように動き始めた匡の腰の動きに、目が釘付けになる。

正面からしがみつくようにして匡の膝に乗っていた祥平の身体《からだ》も、自然とその動きにあわせて、複雑な動きになっていき……。

「ん…。ん…うんっ。あ……すご…匡の、固くて……っ、そこ……、当た…る。当たって…るっ。……いい…っ。いいよぉ…っ」

「…祥こそ、……絶対、俺のことを捨てたりするなよ…？」

たっぷりそこで三十秒ほど固まったあと、はっと我に返った雅春は、ほんの少しの音も立てないように細心の注意を払いながら、その扉をぱたりと閉めた。

（――――び、び、び………びっくり、した…）

まさか……あんな二人の場面を目にしてしまうだなんて……。

のぞき見なんてするつもりはなかったのに。あまりに衝撃的なシーンに、なんの声も出てこなかった。

雅春は震えそうになる足を叱咤《しった》しながら、なんとか階段下まで進んでいくと、一番下の段にずるずると腰を下ろした。

心臓が激しくばくばく脈打っている。

一瞬にして真っ赤に染まった耳と頬が、燃えるように熱かった。

口元に手を当てて、知らず知らずのうちに止めていた息をそうっと吐き出す。

たった今――――目にしたばかりの光景が、脳裏に焼き付いていて離れない。

(まさか……まさか、二人があんな……)

「あれ、雅春さん？　そんなところでなにしてるんです？」

そのとき、玄関に残されていた買い物袋を取りに戻ってきたらしい高槻と、ばっちり視線があってしまった。

「あ……」

首筋から耳までユデダコのように真っ赤になって蹲《うずくま》っていた雅春を目にしただけで、高槻はなにがあったのかを察したらしい。

「あー……。もしかして……中、見ちゃったんですか？」

「……」

その質問にはとても答えられずに、シーンとした静けさだけが広がっていく。

高槻はガリガリと頭の後ろを掻いたあとで、ふっと息を吐いた。

「だから、二人のことは放っとけって言ったでしょう？」

「だ…だって……まさか…」

（真っ昼間から、弟たちが部屋であんなことを。あんなことをしてるだなんて……っ）

誰が想像できるというのか。

（——でも忍君も、高槻君も、すぐにピンときてたような……？）

ということはアレか。自分だけがあまりに鈍くて、二人のことにまったく気付いていなかっただけの話で……。

「ええと……雅春さんも、あの二人がそういう意味でとっくにデキちゃってるんだってことは、もう聞いてるんですよね？」

それはそのとおりなのだが。耳で話を聞くのと、実際にその現場を目撃にしてしまうのとでは、ショックの度合いが違う。

（——しかも、しかも。祥君の……あんな声……）

初めて聞いた弟の嬌声はとても甘く……そして色っぽかった。

不思議なことに……子供の頃、母の不倫場面を目撃してしまったときに感じたような吐きたくなるほどの激しい不快感は、二人からはまるきり感じられなかった。

それどころか、不謹慎にもドキドキしてしまったくらいだ。

あの二人の間には、溢れるような愛があると知っているからだろうか？

（でも……このあとどんな顔して二人に会えばいいんだろう…？）

「ま……事故だと思って、なにも見なかったフリしてればいいですから」

慰めるように高槻はそう言って笑ったけれど。

ひどく色っぽかった弟の姿を思い出すたびにあわあわしてしまい、雅春はその日一日、妙にすっきりとした顔つきで部屋から出てきた二人の顔を、まともに見ることもできなかった。


「あの……どうかしましたか？　俺の顔に、ご飯粒かなにかついてます？」

「え…？」

「さっきからずっと、人の顔見てぼーっとしてたでしょう？」

「あ……ごめん」

慌てて頭を下げると、柴田はすっかり空になった皿の前に箸《はし》を置きつつ、『別に、謝らなくてもいいんですけどね』と目を細めた。

「なにかあったんですか？　昨日は実家で弟さんたちと、一緒に夕ご飯を食べてきたんですよね？」

「……うん…」

柴田の言うとおり、昨夜からずっともんもんと考えていた悩み事が、ひとつだけある。

だがそれをどう口にすればいいのか分からないまま、ついつい恋人の整ったその横顔をじっと見つめてしまっていたらしい。

柴田は雅春からの答えを待っているのか、まるでお返しとでも言うように、無言でぼーっとこちらを見つめてくる。

その視線に背を押されるようにして、雅春はようやく思い切って口を開いた。

「あの……さ」

「はい？」

食後の麦茶に『いただきます』と口を付けた柴田を横目に見ながら、膝の上でぎゅっと手を握りしめる。

（そろそろ……ちゃんと、聞かないと…）

たとえもし滑稽に見えたとしても。それで、手痛い思いをすることになったとしても。

もし欲しいものがあるのなら、自分から手を伸ばしてみなければ。

そうやって必死にならないと、本当の意味で大事なものはなにひとつ手に入らないことを、自分はもうちゃんと知っている。

「……柴田は、その……満足、して…るの？」

「え？　ご飯のことなら、いつもものすごく満足ですけど……」

見れば分かるでしょうとでもいうように、すでに空になった皿の前できょとんとした顔を見せた恋人に、俯いて小さく首を振る。

「……違う。そっちじゃなくて……」

「そっちって、他になにか…？」

（ああ…どうしよう。こんなこと、本当に聞いてもいいのかな…？）

正しい答えはわからないまま、それでも雅春はそっとその口唇を開いた。

「……その…夜の、ベッドでのことなんだけど…」

頬を赤らめた雅春がそう呟いた瞬間、それまでにこにこしながら麦茶を飲んでいたはずの柴田が、突然ごふっと激しく吹き出した。

気管支に入ってしまったのか、そのまま激しくゴホゴホと咳き込み始めてしまう。

「あ、あの…柴田？　大丈夫？」

「……だ、大丈夫です。……っていうか、なんでいきなりそんなことを…？」

「別に……いきなりじゃないよ。ずっと……その、考えてはいたんだ」

「考えてたって……なにをですか？」

問いかけられて、雅春は俯いたままぎゅっと目を瞑《つむ》った。

「……へ、ヘタで…悪いなって…」

「は？」

「だから柴田が、……あんまり、楽しめてないんじゃないかって…」

「はあっ？」

柴田が色恋沙汰《ざた》に関して、それこそ百戦錬磨だということは知っている。

高校時代から、彼女や遊ぶ相手には事欠かなかった男だ。

——いい年して、キスどころか異性と手を繋《つな》いだこともないようなつまらない男と、本来ならつきあうタイプではない。

せめて自分に、柴田が少しでも楽しめるようななにかがあればいいのだけれど。そんなものが自分にあるとはとても思えなかった。

第一、柴田はもともとゲイですらないのだ。

祥平の言葉ではないが、経験値もなにもない、真っ平らな固い身体を抱いたところで、柴田が楽しめるとはどう考えても思えなかった。

だが死ぬほど恥ずかしい思いをしながら尋ねてみたと言うのに、柴田はなぜか疲れたように、肩で大きく息を吐き出しただけだった。

（……ああ。やっぱり溜め息、吐かれた）

瞬間、恥ずかしさと居たたまれなさで、かぁぁぁぁと全身が熱くなる。

その大きな溜め息を聞いただけでも、必死にふりしぼったなけなしの勇気が、しゅるしゅると音を立てて萎《しぼ》んでいくのが分かる。

「なんで……いきなりそんなこと、考えたんです？」

柴田の呆れたような声に、顔が上げられなくなっていく。

それでもここで退いてしまっては二度と聞けないかもしれないと思って、雅春は震える唇を必死に開いた。

「だって……柴田から、いつも触るだけで……。俺、には、あまり触らせたりとかしないし……」

「それは……先輩が、固くなってるからで…」

「そ、それに…、いつも、途中で終わってしまって。その……ちゃんと……柴田の、入れたこととかも、ないし……」

ぼそぼそとそう口にした途端、柴田が呆気にとられたように雅春の顔をまじまじと見つめてきたのが分かった。

心臓が今にも破裂しそうなほど、激しく鼓動している。

「……あのですね。……待ってください。その……入れないって、つまり……アレのことですか？」

最後まで口にしなくても、言いたいことはちゃんと伝わったらしい。

柴田が恐る恐る自分の下半身に目を向けるのを見て、雅春が白い頬を真っ赤に染めたままコクリと頷くと、柴田はなんとも言えないような顔つきで天を仰いだ。

(――ああ。どうしよう…)

恋人が無言で呆れているのがわかる。

自分から誘うようなことを口にしてしまった雅春のことを、柴田がどう思っているのか考えると、今すぐここから逃げ出したくなった。

(……淫乱だとか、思われてたりするんだろうか…?)

親戚が、いつも雅春のことをそういう目で見ていたように。

雅春だって、自分の変化が信じられないとも思う。絶対に――あの母みたいにはなりたくないと、ずっとそう思ってきたはずなのに。

今ではどうして彼女のように、男心を虜《とりこ》に出来るような手管《てくだ》が自分には備わっていないのかと、そんなくだらないことばかりをもんもんと考えてしまうだなんて。

そうしたらこの真っ平らな胸でも、固い身体でも。もう少し柴田もその気になってくれたかもしれないのに。

「……あのですね。自分がなにを言ってるのか、ちゃんと分かってます?」

念を押すようにたしかめられて、じわりと目の奥が熱くなった。

（やっぱり、ダメか……）

男の自分では、そこまでする気になれないのか。

そう思いながらも、これまで一生懸命気にしないフリをして、必死にねじ伏せていたはずの欲求が、今にもわっと溢れ出しそうになっている。

「うん。俺は、できたらちゃんと、い……いれて、欲しい。柴田が……き、気持ち悪く、なかったらだけど……」

思い切って口にした途端、全身が燃えるようにかぁっと熱くなった。

じわりと熱いものが沁《し》み出してきて、喉の奥が痛くなる。

（どうしようどうしようどうしよう。……死にそうに恥ずかしい）

それでもどうしても諦めたくないのだ。柴田に関することは、なに一つ。

そのまっすぐな愛情と心を惜しげもなくさらして、ただ一つの恋を手に入れた弟たちのように。

（恥ずかしくてたまらないけど、柴田が欲しい……）

だがそんな雅春の前で、柴田は再び、大きな溜め息を吐き出した。

その溜め息に、全身がざっと凍りつくのを感じた。

「いれてって……そんなの、無理でしょうが」

（――――やっぱり無理か）

そんなに……そんなにダメか。男のくせに雅春からして欲しいと望むのは、気持ちが悪かったのか。

(どう頑張っても、自分じゃ女の子のようにはなれない……)

頭ではちゃんとそう分かっていたつもりでも、ここまで『無理だ』とはっきり否定されたことが想像以上にきつくて、喉と目の奥がキリキリと痛んでくる。

ぶわっと涙が溢れそうになり、雅春は慌てて俯いた。

こんなことで泣きそうになってるなんて、柴田にだけは知られたくない。

「…………分かった…」

言いながら、空になった皿を下げるフリして立ち上がる。

だが席を離れるよりも早く、柴田が慌てたように雅春の手をぐっと掴んできた。

「ちょっと待った。ちょっと待ってくださいって。……その顔、とても『分かった』って顔じゃないですよね？」

「……柴田が、そ……いうの、は、無理だって言うのは、よくわかったから。もういいから……」

別に、慰めてくれなくていい。

もともと男と女では、身体のつくりからして違うのだ。

かつて『女の子って、柔らかくて可愛い』とそう口にしていた柴田に、男の尻にアレをいれて欲しいだなんて、そんな気持ちの悪いことを頼んだ自分がバカだったのだ。

（柴田は、なにも悪くない……余計なことを言った自分が悪いだけで）

でも今だけは、その手をすぐに放して欲しかった。

無理を承知で『男だけど、ちゃんと抱いて欲しい』と恋人に頼みこみ、それでやっぱり断られて。今にも本気で泣きそうになっている滑稽な姿なんて、見られたくなかった。

ツンと鼻の奥が痛くなってくる。

「だから……違います。俺がじゃなくて、あなたが無理なんです」

慌てて離れようした雅春の手を、柴田が再びぐっと掴んできた。

「……俺が、無理って」

意味が分からない。して欲しいと頼んでいるのは、雅春のほうなのに。

「どうして無理になるの？」

「あのですね……。自分のナニのサイズを自慢するわけじゃないですけど。見たことはあるんだから、あなただって知ってるでしょう？　まず、入りませんから。あなたのあんなちっさくて可愛らしいところに」

一瞬、虚を衝《つ》かれたように押し黙る。まさかそんな理由を言われるとは思いもしなかった。

「あの。でも……な、慣らせば……、お尻でも、入る…よね？」

「……っ！」

確かめるように口にした途端、柴田がなぜかぐっとその眉を苦しそうによせ、息を呑《の》む。

「だからあなたは…っ、そういう顔で、そういうことを、あんまり軽々しく言わないでください よ…。俺の神経が持たないっていうか……。っていうか先輩。だいたいそんな余計な知識、どこで仕入れてきたんですか？」

なぜかはぁはぁと少し荒い息を吐きながら、ぐっと雅春の両腕を押さえてきた柴田の顔が、少しだけ……怖い。

「……あの。男同士でも、ちゃんと奥まで……入ってた、から…」

あのときは逆光だったし、しっかりと見たわけではない。それに慌ててもいたからあまり詳しくは覚えてはいないけれど。

それでも、ぴったりと同調していた二人の腰の動きから察するに……あれは、その……つまり、深くそうなっていたということなのだろう。

小声でぼそぼそ答えると、柴田はなぜかピタリと固まったまま、動かなくなってしまった。

「……すみません。あの、聞くのがすごい怖いんですけど。……聞いてもいいですか？ なんで先輩が、そんなことまで知ってるんです？」

「……ええと。…その、弟が………彼氏と…」

「まさか、のぞき見してたんですかっ？」

「ち、ちが…っ、二人が俺のせいでケンカしちゃって、なかなか部屋から戻ってこないから、気になって。様子を見に行ったら……。二人が、……その、昼間から………してて……」

なんだか前にもこんな会話をしたような気がするが、そんなことはこの際どうでもいい。

今、問題なのは、男同士でもちゃんと最後までセックス出来るかどうかということなのだ。

「あの……ちゃ、ちゃんと、き……もち、よさそう…だったし……」

あのときの祥平は、見ている雅春のほうがドキドキするくらい淫靡《いんび》で、綺麗《きれい》で、そしてなによりたまらなく気持ちよさそうだった。あの甘い声が今も耳の奥に残っている。

だがそれを口にすればするほど、恥ずかしさで目の前がどんどん赤く染まっていく。

見れば柴田は、なにかの衝動を堪えるような困った顔つきで、目を細めた。

「あのですね。……そういうのは、手順とかが色々とありまして…。ともかく、まだ慣れてないうちはムリですから…」

「なら……っ、お、前が慣らしてくれれば、いいのに…」

自分でも、とんでもないことを口走っていることは分かっていたが、止まらなかった。

だって、ショックだったのだ。

やはり柴田はちゃんと知っていたのだ。男同士のやり方も、それをどうすれば出来るのかも。

知っていて、あえて自分に言わなかったのは……つまりは——そういうことなんだろうか。

自分とは、そこまでするつもりはなかったから……。

「や…やっぱり、もう…いい。……ごめん」

(柴田を困らせるつもりは、なかったのに……)

駄々をこねて無理なお願いをしてしまった自分がたまらなく恥ずかしく、みっともなく思えて、今度こそ慌ててその場を離れる。

だが柴田はそれを許さずに、ぐいとそのまま強く雅春を引き寄せてきた。

『え？』と思う間もなく、腕の中へと抱き込まれる。

同時に唇へと落ちてきたキスは、これまで柴田が笑いながらそっと仕掛けてきたような柔らかなものとは違う、激しく、情熱的なものだった。

まるで、唇ごと雅春のことを食い尽くしたいとでもいうような……。

「ん…ん、……っ！」

角度を変えて何度も深く入り込んでくる舌に、翻弄される。

あまりの勢いに、魂ごと奪われてしまいそうだ。

こんなに深くて激しいキスをされたのは、あの夜以来だった。お互いにひどく酔っ払っていて、柴田に間違って手を出されたあの夜以来……。

苦しいほど強く吸われたり、唇を柔らかく噛まれるたびに、ビリビリとした甘い痺れが腰から這《は》い上ってくる。

息が苦しくて、教えてもらったとおりに鼻で呼吸をしてみたけれど、胸のドキドキは止まらない。そのうちに腰を抱いていた柴田の手がするりと服の下から入り込み、素肌へと直接触れてきた。

「……あ…ぅっ」

きゅっと服の下で、尖りかけていた胸の先端を弄られる。

キスをされながらそこを指先でこりこりと弄られると、なぜか下半身にまで熱い血が集まっていくのが分かる。だが柴田の手はそこだけにとどまらず、今度はするりと雅春の腰のあたりを撫でてきた。

「…う…んっ…？」

（……あ…嘘…。……お尻？）

キスを繰り返しながら、雅春の尻にも触れてきた柴田の手のひらは、そこを愛しげに揉み込むと、尻と尻の隙間に沿ってせわしなく指を這わせてきた。

そんなことをされたのは初めてのはずなのに、甘い刺激にぶるりと腰が震えてしまう。

「あ…っ、……は…」

指で入り口を探るように何度もしつこくそこを探られ、布地越しなのにジンとした熱を感じた。

ようやく恋人の長いキスから解放されたときには、雅春の衣服は上も下も盛大に乱れて、息も絶え絶えといった状態で、もはや一人で立つことすらも困難な状況となっていた。

「……くそ。だから、あんまり煽るなって言ったんです。……大人の初恋をこじらせてるんだと、前に言っておいたはずでしょう？　どれだけ俺が今まで、我慢してたと…」

「……ご、ごめんね…。……死ぬほど、こじらせてて…」

思わず謝ると、なぜか柴田のほうが慌てたように雅春の顔を覗き込んできた。

「ちょっと待ってください。……なんで、先輩が謝るんですか？」

「え……？」

「人の話を聞いてました？　大人になってからの本気の初恋は、こじらせるって……」

「だから、それ……俺の話、だよね？」

「……まったく、違います」

「え？　だって……初恋って……？　柴田は、それこそたくさんの恋愛をしてきたわけだし……」

まさかこれが初恋だなんて、ありえないはずだろう。

その顔をまじまじと見上げて首を傾げると、柴田は照れたように口元を手で押さえ、ぷいと視線を外した。

「……別に言うほどたくさん、つきあったわけじゃないですよ。それに俺は相手から告白されたら、とりあえずつきあってただけなので。……あんなのが本気の恋愛かと聞かれたら、とても恥ずかしくてそうだなんて言えませんしね。……本当に……心から欲しいと思った相手は……先輩以外、他にはいませんでしたよ」

「……嘘」

「嘘じゃないです」

きっぱりと言い切られて、胸がどくんと大きく脈打つ。

(────どうしよう。心臓がきゅうきゅう鳴って、今にも破裂しそうだ)

「アメリカ留学のときだってそうですよ。つきあってた彼女とはあっさりと別れられたのに。……先輩と一緒に星を見たときのことや、俺のために作ってくれたおにぎりのことは、どうしても忘れられなくて。……あっちでも、何度も思い返してました」

思わぬ言葉に目を見開く。

まさかそんな風に、柴田が思っていてくれたなんて考えたこともなかった。

あの頃のことを、そんな風に特別に想って忘れられずにいたのは、きっと自分だけなのだと……。

「俺……俺も同じだよ…」

「え？」

「柴田のこと、繰り返し思い返してた。一緒に図書室でおにぎり食べたことや、星を見たことも……。柴田は俺のことなんかきっと忘れてるんだろうなって思ってたけど、どうしても俺は忘れられなくて。……うちの会社、すごく競争率高いのにそれでも受けてみようかなって思ったのも、もしかしたら……いつか柴田に会えるかなって思ってたからで……」

また離れたばかりの唇が落ちてきた。

今度はじっくりと、まるで雅春そのものを味わうように。下唇と上唇を交互に優しく吸われて、その甘ったるい心地よさに雅春はガクガクと膝を震わせた。

「…ん……」

(やっぱり……柴田のキス…うまい)

他に比べる相手もいないけれども、こんな風にうっとりとして心地よくなれるのは、きっと柴田だからだと思う。

そのうちにとうとう膝がかくりと折れてしまい、気が付けば雅春は促されるまま、背後のベッドへと移動していた。

あの夜と同じように、厚みのある重い身体が上からぴったりと重なってくる。

悪戯な指先が服の隙間から入り込み、あちこちに優しい愛撫をほどこされる。再び落ちてきたキスに酔っている間に、いつの間にか反応しかけていた下腹部にまで、そっと大きな手のひらが触れられてきた。

「……柴…田…」

雅春は久しぶりに好きな男から触れてもらえる緊張と、安堵の中で、ぶるりと肩を小さく震わせる。

そんな雅春の肩にそっと口づけながら、柴田ははぁと大きく息を吐き出した。

「俺だって、もしもちゃんとしていいのなら、先輩と……色々としてみたかったですよ。でも……先輩は、デカイ男は苦手でしょうが」

まさか、知られていたとは。

「べ、別に…柴田のことは、苦手じゃない…」

慌てて首を横に振る。

つい身体が強ばったり、震えてしまうのは、別に柴田が怖かったからじゃない。

どちらかと言えばうまくキスひとつ返せない自分に、柴田がそのうち呆れてしまうんじゃないかと思うと、……そっちのほうがよっぽど怖くて仕方なかった。

「別に無理はしなくてもいいんですよ。俺は、こうして触れるのを許してもらえるだけでも嬉しいですし。……だいたいこの前の夜だって、俺にあちこち弄られて、先輩、泣いてたじゃないですか……」

「ち、違う…無理なんてしてない……」

言いかけてはっとする。

「あれ、でも……柴田、あの日のことは、酔っ払ってて覚えてないって……？」

尋ねると、柴田はひどくバツが悪そうな顔で眉を顰《ひそ》めた。

つまり……酔っ払ってつい間違ったのだと告げたあれは嘘で、柴田は分かってて触れてきたということだろうか。触れている相手が女の子ではなく、雅春だと。

「……すみません。あのときも、先輩が怖がってるのを知ってて、強引に触ってしまって……」

「だから、違うってば。嫌だったんじゃなくて……あのときは、ちょっとびっくりしたのと……。あと、き……気持ち、よかったからで…」

人に自分の性器を触れられるなんて、初めての経験だった。しかも無自覚とはいえ、ずっと好きだった相手だ。

ものすごくドキドキしたけれど、柴田にキスをされながら弄られるたび、腰から蕩《とろ》けそうになるほど気持ちよかった。

「北上先輩……」

正直に告げると、柴田は苦しそうに目を細め、またしゃにむにキスを繰り返してきた。

今まで、ずっと上品な王子様然として、優しいキスと触れるだけの愛撫しかしてこなかったのが、嘘みたいだ。

「……っ」

荒々しいキスの合間に、服の上から固くなり始めた下半身や尻を再びその手で揉みくちゃにされて、雅春はたまらずに熱い息を吐いた。

息が苦しい。嬉しさと切なさで、頭と胸の中がぱんぱんになってしまいそうだ。

慌ててその肩にしがみつくと、その指先が微かに震えていることに気付いたのか、上にいた柴田がはっとしたようにその身を起こした。

「……すみません。やっぱりちょっと、がっつきすぎですよね。もし先輩が嫌なら、これ以上はもうなにもしませんから……」

（しないって、もう二度としてくれないってこと……？）

その大きくて優しい手のひらが、二度と自分には触れないってことだろうか。

そう思ったら、また涙がぶわっと出そうになってきた。

「も、もう……しないの…？」

「今日は、しません。また、次にします」

「……次？」

「先輩の調子のいいときにってことです。もともとそのつもりでしたしね。……じっくり時間をかけて、先輩が俺のすることにちょっとずつ慣れてから……。そうやって先に進めていけたらって…」

言いながら柴田は『なのについ、先輩を前にすると頭が真っ白になっちゃって、がっついちゃうんですよね』と自嘲気味に笑ったけれど、その言葉にジンとした甘い震えが雅春の全身を走り抜けていった。

我慢なんてもうなにもしたくないし、……して欲しくない。

「無理…だよ…」

「……なにがです？」

「調子のいいときなんて……あるわけない。だって……俺、柴田に触られると、いつも死にそうになるんだ…」

「……」

「さ、さわられたり、名前を呼ばれると、心臓が……ばくばくして、破裂しそうなくらいドキドキする。こんなの……何回しても平気になんて、ならないよ…」

きっと何度キスをしたとしても、柴田とするときは毎回、死ぬほどドキドキすると思う。

そう本音を吐露した途端、上に乗っていた柴田がぐっと声を詰まらせた。

「本当に……。先輩こそ昔から……俺を毎回、殺すようなこと言ってくれますよね…」

そう言って再び落ちてきたキスは、これまでで一番情熱的で、一番甘いものだった。

憧れていた広い背中に腕を回すと、温かかった。

そのまま、逞《たくま》しい首筋に縋り付く。

「……っ、あ…っ」

「…すみません。擽《くすぐ》ったかったですか？」

大きな手のひらと、繊細に動く指先。柴田の手は雅春の衣服を一枚一枚、丁寧に脱がせていった。

『恥ずかしいし、自分で脱ぐよ』と一応伝えてはみたものの、真剣な顔つきで『こういうときに相手の服を脱がせるのは、恋人の特権なんですよ？』と言われてしまえば、それ以上はなにも言い返せなかった。

（……ほんと、知らないことだらけだ…）

手慣れている柴田に全てを任せ、その手が優しくシャツのボタンやズボンのファスナーを下ろしていく様を、じっと見つめるしかできない。

こんな風に人に服を脱がされるのも、脱がされながら全身の輪郭を確かめるように優しく撫でられるのも、柴田が全て初めてだ。

こういうときに自分はなにをどうしていいのかすらも、よく分からない。

どういう風に柴田に触れ返せばいいのかも……。

仰向けでベッドに寝転んだまま、柴田の邪魔をしないようにシーツをぎゅっと握りしめていたら、柴田が『どうせしがみつくなら、俺にしてください』と笑うから、その後はもう必死になって首筋に縋り付いた。

戸惑いや不安は少なからずあったけれど、今、それ以上に感じているのは、柴田にまた触れてもらえた喜びと、たまらない羞恥心《しゅうちしん》だけだ。

「……腰、上げてくれますか」

「え……」

言われるがまま腰を上げると、つるりとその手に下着を剝《は》ぎ取られてしまった。

明るい蛍光灯の下で、なにもつけていない白い裸体が露《あら》わになる。

柴田が、こくり…と大きく唾を飲む音が響いた。

(こんな明かりの下で、女の子とはまるきり違う身体を目《ま》の当たりにしたら、柴田が萎《な》えてしまうんじゃないだろうか…)

そう思って慌てて電気を消そうとしたけれど、『恋人の前では、なにも隠さないのがマナーですから』と柴田が諭《さと》すように言うから、無理に電気を消すことも出来なかった。

(世の中の恋人同士って、みんなこんなにすごいことをしてるの……?)

恋人の手で全てを脱がされ、こんなに明るい光の下で、その全てを相手に晒すなんて。

「あ……っ」

「閉じないで。ちゃんと、全部よく見せないと……」

囁《ささや》かれながら柴田の手によって下肢を大きく割り開かれたときは、もはや恥ずかしさで死んでしまうんじゃないかとさえ思った。

「北上先輩って……手だけじゃなくて、どこもかしこも、ほんとに綺麗に出来てますよね…」

「……っ」

ほうっという溜め息まじりに呟かれた感嘆に、もうこれ以上赤くなりようがないと思っていた顔が、さらにぼっと熱くなる。

「これで手つかずだったとか……自分の幸運を嚙み締めてます」

「……が、がっかりとか、してない…？」

「どうして、がっかりするんです？」

「……た、たぶん、うまくないし…」

「俺としては、先輩がもし上手に男慣れしてたら、そっちのほうがヘコむと思いますけど？」

言いながら、口元のホクロにそっとキスされる。

柴田曰《いわ》く、このホクロがまた色っぽくてたまらないのだそうだ。

（そういうもの、なんだろうか……）

「先輩のここに……触ったことがあるのは、俺だけなんですよね？」

「……あ…」

あちこち触られている間に、少しだけ反応して立ち上がりかけていた下半身に、そっと手を這わせられる。

大きな手のひらでそこをやわやわと揉みほぐされると、あっという間に固くなってきてしまう。

「先輩…？」

「う…、ん…そう。柴田、だけ。柴田だけ…っ」

優しく尋ねながらも、上下にその手を動かされ答えを促される。それだけで目の前がチカチカするほど感じた。

前回もそうだったけれど、自分の拙《つたな》い自慰と、他人の手でされる愛撫とでは、天と地ほどにも違う。その感覚がたまらなかった。

「これからも……俺だけに、許してくれるんですよね」

しつこく尋ねられ、雅春はぼーっとした頭のままがくがくと頷いた。

「嬉しいです。……別にこれまで、相手の処女性とかにはまったくこだわらないはずだったんですけどね…」

なにやらぶつぶつと囁きながら、柴田が耳元へと口付けてくる。

「でも、できたらこういうときは名前で呼んでくれませんか…？」

「柴田…？　……あっ」

「そっちじゃなくて……下の名前で」

わざとなのか、緩急を付けながら指の動きが変わっていく。

同時に柴田の唇がだんだんと下がっていき、やがて雅春の胸の先にちゅっと音を立てて吸い付いた。

「貴《たか》…文《ふみ》、…貴文…」

「うん。雅春さん」

よくできましたと言わんばかりに、手の動きが速くなっていく。

あっという間に登り詰めてしまいそうになったそのとき、臍《へそ》の下あたりまで下がっていた柴田の顔がどこに向かっているのかに気付いて、雅春はびくりと固まった。

「な…っ…ま、待って…っ」

手足をばたつかせ、慌ててシーツの波を作りながら制止したけれど、柴田の動きは止まらなかった。

雅春の目の前で、柴田はためらいもなく立ち上がっていた雅春の先端へとちゅっと口付け……そうしてそのまま、すっぽりと深く口の中に含んでしまったのだ。

「………っ！」

(う…嘘……。柴田の…口の中に……俺の…)

あまりにも衝撃的なその光景と、口腔《こうこう》内の熱い感触に、ぞくぞくぞくっとした痺《しび》れが身体の奥から這い上ってくる。

「あ……やぁ……っ、あぁ……ん！」

雅春はあられもない嬌声を上げてしまった自分に気付いて、慌てて両手で口を押さえたが、下半身を弄られるたびに新たな声が溢れ出してしまう。

「あぁ…は…っ」

舌を絡ませながらそこを舐《な》め上げられ、深く吸い込むようにして刺激を加えられると、びくびくっと全身が跳ねて、止まらなかった。

「…や…っ、ダメ…それダメ…っ」

今すぐやめてもらわないとまずいのに。腰から蕩け出しそうな快感に襲われて、頭を振ることしかできなくなる。

頭の中が真っ赤に染まっていく。生まれて初めて知る強烈な快感に、雅春はたまらずに甘く身悶えた。

「……あ…、あ……んっ！　……あぁ…っ」

鈴口を舌先で擽るように刺激される。瞬間、雅春は腰を捩《よじ》って堪えようとしたけれど、中からこみ上げてくるものを止めることはできなかった。

「ダメ…もう…。柴田…っ…でちゃ…」

さらには手まで使って、袋のほうまで刺激されてしまえばひとたまりもなく。

その心地よい刺激にあっさり負けて、雅春は腰を振るようにしながら、柴田の口の中で限界を迎えていた。

「………あっ、……嘘…。ぜ、全部…でちゃ……」

ダメだダメだと思っても、一度溢れ出してしまったものは簡単には止まらない。

柴田の巧みな舌の動きに促されるようにして、気が付けば雅春は何度も下腹部を波打たせながら、その全てを吐き出してしてしまっていた。

(――信じられない…)

茫然自失といった状態で、はぁはぁと荒い息を紡ぎながら、ぎゅっと強く目を瞑る。

ほんの少しの堪え性もなく、よりにもよって……恋人の、柴田の口の中に全てを漏らしてしまうなんて…。

(――ああ。どうしよう。今度こそ呆れられる……)

そう思った瞬間、じわりと熱いものが目の奥からこみ上げてきて、雅春の頬をどっと濡らしていった。

「う……っう……」

「ちょ、ちょっと待ってください。ななな…なに、泣いてるんですか?」

それにひどく慌てたのは、柴田のほうだ。

濡れていた先端まで綺麗に舐め取り、満足げに顔を上げた柴田は、今にも死にそうな顔で泣いている雅春を見つけて、ざっと顔色を青ざめさせた。

「……ご、ごめ…。が、我慢……し、よ…と思ったのに……っ」

どうしても我慢できなくて……柴田に、ひどいことをしてしまった。

ぼろぼろと零れてくる涙を手で擦《こす》りながら謝ると、柴田は慌てたようにその涙を指先で拭ってくれた。

「すみません。ちょっと性急すぎましたね。雅春さんはなにも悪くないですから、謝らないでいいんです。俺が強引にしちゃったんですし、先輩のを飲みたかっただけなんですから。

……頼むので、そんなに泣かないでください」

「……の、飲み……？」

（あんな……あんなものを、飲みたい？）

想像外の言葉に雅春が愕然とした表情で固まると、柴田は再び慌てたように言葉を繋いだ。

「ふ、普通です！　恋人同士ならこれぐらい、みんな普通にしていることですから！」

「そ…う、なのか？」

「そうです。みんなしてます。弟さんたちもしてます……きっと、多分。ていうか、絶対に」

握り拳まで作って力説されると、だんだんそういうものなのかという心地になってくる。

「……そう…なんだ」

雅春が安心してずずっとはなを啜ると、柴田は明らかにほっとした顔つきで胸を撫で下ろした。

『恋愛なんてしたくない』とずっとそう思って生きてたせいで、本当に自分は知らないことだらけだ。

母親の不倫現場がトラウマで、これまでその手の行為に関することには、関心を持たずに生きてきた。

たまにどうしてもムズムズすることがあれば、自分で処理することもあったが、どうしてもそれには罪悪感が伴ったし、手早く片づけることばかり気にしていて、世の恋人たちがどんな風に愛を確かめ合っているのかなんて、気にしたこともなかった。

（そっか…。世の中の恋人同士は、みんなしているのか……）

「あ、あの……じゃあ、俺も柴田の……口でする？　その、飲んだ方がいい？」

思いついてそう口にした途端、なぜか柴田はうっと口元を押さえながら、横を向いてしまった。

（なんだろう？　そんなおかしなことを口にしてはいないと思うのだけれど）

「……それは、その。またいつか、そのうちお願いするかもしれませんが……。できたら今日は、違うことがしたいんですけど……」

「違うこと？」

「さっき……雅春さん。入れてもいいって、言ってくれましたよね？」

「……え。……入れてくれるの…？」

てっきり柴田には、そこまでする気はないのだろうと思っていたのに。

目を瞬《またた》かせながら呟くと、柴田はなぜか再びうっと呻《うめ》いて、赤くなった顔を手のひらで覆った。

「……さっきも言いましたけど。本当は俺だって、ずっと死ぬほどしたかったんですよ？」

言いながら、こつりと額にその額を押し当てられる。

ふいに近くなった眼差しに、また性懲りもなくドキドキと心臓が早まった。

「ずっとって……？」

「……たぶん、もう時効でしょうから告白しますけどね。ガキだった高校生の頃だって、妄想だけならこっそりしたことありますよ？」

「……え？」

「先輩は男だって分かってても綺麗でしたし、普段あまり笑わない人が、自分にだけはにこっと笑いかけてくれたりするもんだから、そりゃ有頂天にもなりますし、正直ムラムラもしましたよ。……まぁ、男嫌いの恋愛アレルギーだった先輩からしてみたら、裏切られたような話かもしれませんけどね」

「ム、ムラムラって……」

あの頃の爽《さわ》やかな王子スマイルだった柴田からは、とても想像がつかない話だ。

「今から思えば、あの頃から先輩には特別なものを感じてたんでしょうね。ただ俺も、男の人相手にそんな気持ちになったのは初めてでしたし。留学もすぐに決まってましたからヘタに手なんて出せませんでしたよ。それに…………きっとそんなことをしたら、先輩に怖がられて、思いきり嫌われるのも目に見えてましたしね。……あの頃、雅春さんに嫌われたくなくて、大人しくいい子のボディガードに徹してた俺を、ほんとに褒めてほしいくらいですよ。……どれだけ我慢してたと思ってるですが…」

「ご、ごめん」

なんで謝っているのか自分でもよくわからなかったが、柴田の話は裏切られたと思うどころか、雅春の胸をほかほかと温かくしてくれた。

（変なの……。高校のころは、あんなに男から言い寄られるのは嫌だとか、そう思っていたはずなのに）

でもたぶん柴田の言うとおり、まるきり心に余裕がなかったあの頃の自分が、彼から告白されたとしても戸惑うばかりだっただろう。それにやっぱり少しは裏切られたような気持ちにもなったかもしれない。

そういう全てを慮《おもんぱか》って、なにも言わずにただ黙って傍にいてくれた柴田のことを、改めてすごく愛しいとそう思えた。

「で…も今は、恋人だし。手を出されても、柴田のこと……嫌いになったりしないよ…？」

それどころか、きっと嬉しいと思うに決まっている。

慌ててその気持ちを告げると、柴田は眩しげに目を細めながら、『あのですね。さっきから名前……元に戻ってますよ？』と面白そうに呟いた。

「あ……。ええと、貴文のこと……嫌いになんて、絶対ならないから」

絶対、なれないと思うから。

「だから、手を出して欲しい……。今度はちゃんと、その、最後まで……」

真っ赤な顔をして雅春が呟くと、柴田は珍しくも釣られたようにその頬を赤く染め、たまらぬように口元を手で押さえた。

「先輩って……ほんと、人の心臓を鷲《わし》摑みするようなこと言いますよね……」

そう言って目を細め、人懐こそうな顔で笑ってみせた恋人は、再び雅春に口付けてきた。


「………っ」

雅春が息を一瞬止めると、上にいた柴田がすぐ気付いたように顔を覗き込んできた。

「もしかして……痛かったですか？」

「ち、ちが……」

慌てて首を横に振る。すると柴田はほっとしたように笑って、再び雅春の身体の奥に差し入れた指の動きを再開させた。

「……っ。……あ…ぁ」

（……あ、また……）

すぐに、あの不思議な疼《うず》きが始まってしまう。

もうどれくらいそこで、柴田の指を受け入れているのかわからない。

柴田が慣らしてくれればいいのにと言った雅春の願い通り、柴田は雅春の身体をじっくりと丁寧に開いてくれた。

クリームローションを使って、最初にその中を探られたときの違和感も、すでにない。増やされた指がだんだんと雅春の体内で馴染《なじ》んでくるのが分かる。同時にこれまでとはまったく違う感覚が身体の内側からじわじわと広がっていくのに気付いて、雅春はぶるりと腰を震わせた。

ぐりとある一点を長い指で押された瞬間、ぶわっと沸き起こった甘い衝動に、慌てて身を捩る。

「や…や…それ、そこばっか…り…、こ…するの…ダメ…」

「なんでダメなんですか？」

（そんなの……聞かないで欲しいのに……）

それでも素直に言わないと許してもらえない気がして、雅春は足を開いたまま、熱い息を吐き出した。

「……そこ、は…なんか…、おか…しく、なるから…」

「触られるたび、びりびりする？」

問われて、がくがくと頷く。

「出ちゃいそう？」

もう一度。

「なら、出したいときに出していいですよ」

「で、でも…俺、俺…ばっかり…」

先ほどからもう何度、柴田の手や口を濡らしてしまったか分からない。

柴田の舌に身体の内側まで舐められたときは、さすがにかなり動揺してしまったけれど。

『恋人同士なんですから』と言われてしまえばなにも言えず、柴田の好きにされるがまま、ただ甘い声を漏らし続けるしかなかった。

「別にいいんですよ？」

「俺、俺ばっかりは……やだ。貴文も、気持ちいいのが……いい」

こういうときの柴田が、ちょっと意地悪になるなんていうのも、初めて知った。

いつもは優しいはずの王子様は、雅春を組み敷いているときだけは、少し強引で荒っぽいキスもしたりする。

でもそれが、嬉しくてたまらなかった。本気で欲しがられているようで。

「ああもう。まったく……あなたってほんと、俺の理性を食い破るのうまいですよね」

「……？」

「そんな顔されると、それだけで暴発しそうになるので、やめてください。……さっきからもう、死ぬほど限界が来てるんです」

言われた意味がわからずに首を傾げると、柴田はふっと切なそうな笑みを浮かべて、雅春に深く口付けてきた。

（貴文のキスって……好きだ）

最初、息が出来なくて苦しいと思っていたのが嘘みたいに、彼の深くて優しいキスは、雅春をどこまでもめろめろにさせていく。

キスにうっとりとしていた雅春は、だから柴田が次にとった行動に気が付かなかった。

「………っ」

あ……、と思ったときにはもうかなり進んでいた。

熱くて逞しい灼熱の塊のような柴田のそれが、ぐっと雅春の中にまで入りこんでくる。

さんざん指と舌で開かれていたおかげで、柴田が気にするほどの痛みは感じなかったけれど、やはり中を押し広げられるような苦しさはあった。

それでも、やめて欲しいとは一ミリも思わなかった。ようやく一つになれた柴田の感触が嬉しくて、切なくて。

キスを繰り返しながら、どんどん深いところまで入り込んでくる男の形そのままに、開かれていく身体。それを強く意識する。

（――あ……貴文だ。彼が……奥まできてる……）

細くて貧相としか思えない真っ平らな男の身体に、彼が欲情してくれるのが嬉しくてたまらなかった。

固くて大きい柴田のそれが、中でドクドクと脈打っているのを感じる。

その全てを埋めこんだ柴田は、はぁ…と熱い息を吐き出すと、しばらくそのままじっと動かずにいてくれた。

どうやら雅春の身体が馴染むまで、待ってくれているらしい。

「……大丈夫ですか？」

「……ん…」

こういう優しさも気遣いも、ひどく彼らしいなと思う。

「痛くはないですか…？」

「…ん……。……熱くて、すごい固いだけ…」

呟いた瞬間、深いところで一回り大きくなったそれが、中を突くようにグリと蠢《うごめ》いた。

「あ……っ！」

甘い痺《しび》れが全身に染み渡り、溢れるような喜びへとすり変わっていく。

「そういうこと、この状況で言いますか……？」

「……え？」

とろんとした顔で見上げた途端、パタッと頬に降ってきたそれが、柴田の汗の粒だと気付いて感動した。

（こんなに……懸命になってくれてるなんて）

そう思ったら、途端に中がきゅうきゅうと締まった気がした。

「あ……なんか、すご……切ない感じ…」

入れているだけなのに腰が抜けそうなほど、気持ちがいい。

素直にそう口にすると、柴田はその男らしい眉根を寄せて、困ったように小さく笑った。

「ほんと、……それだけエロくて無自覚とか、たち悪いですよね」

「え……あ、あ…あっ、あ…柴田、それ…そこ…っ、あ、腰からとけちゃ……っ」

ふいにそれまで我慢してくれていたのが嘘みたいに、柴田が激しく動き出した。

その複雑な腰の動きに、あっという間に翻弄されてしまう。

浅く深く。腰を繋げたまま回すように中を突かれて、甘い声が止まらなくなる。

「あ…貴文、貴…文、ふ……っあ、ぁ…あ…、やぁ…っ」

（どうしよう。……声、止まらな…）

繋がったそこから、全身がぐすぐすど蕩けてしまいそうだ。

さっき柴田の長い指や舌で何度も確かめられたところを、柴田の固くなった性器でぐりぐりとされると、声が溢れるのが止められなくなってしまう。

「あ……ダメ。また…また……、おかしく…なる…」

雅春の前からも、たらたらとはしたない雫《しずく》が零れ落ちていく。

柴田がいやらしい腰の動きで雅春の中を優しくかき混ぜるたび、脳の中までどろどろに甘く攪拌《かくはん》されていく気がした。

「それは……気持ちいいって……ん、言うんですよ?」

「あ、ビリビリって……して…っ、どうしよ………止まらな…。あ……あっ。……貴文…っ、あ…そこ、もう…溶け…。中…、溶けちゃ…から…っ」

「………っ」

柴田が、『ちゃんと言葉にして教えてくれないとわからない』というから。

雅春は彼から教えられたとおり、『中のどこをどうされるとビリビリ痺れるのか』『どこをぐりぐりとされると、溶けちゃいそうになるのか』その全てを声にして、伝えるしかなかった。

それ以上されたら、もうおかしくなるということも。

なのに柴田はなぜかますます、そこを重点的に刺激してきた。

もう、溶けちゃいそうだからやめて欲しいと……そう頼んだはずなのに。

「もう嫌……ですか?」

「ち…ちがっ…」

嫌なわけじゃない。柴田が、この身体の深いところにいる感覚も、好きだと思う。柴田の熱い昂《たか》ぶりで中を擦られるのも、きつくぎゅっと抱きしめられたまま、腰をぐりぐり回されさるのも。

ただ……いきなりの甘すぎる刺激に、意識が追いつかないのだ。いまにもどろりと蕩けだして、全身がばらばらになってしまいそうだから。

「じゃあ…好きですか?」

「好き…、あ…あっ…好き。貴文が、好き…っ」

もはや自分でもなにを口走っているのか、よくわからなかった。

それでも感じるまま口にして伝えると、柴田は雅春の上でなにかをぐっと堪えるように眉を寄せ、無茶苦茶な深いキスをしてきた。

「…ぁ…っ、あぁ……っ!」

それにあわせて、腰の動きもだんだんと早まっていく。

内壁の弱いところをぐりぐりと擦られたり、深く突き上げられたりするその動きに、雅春は身を捩って激しく身悶えた。

——一番深いところで、柴田と繋がっている。

そう感じた瞬間、雅春のそこがきゅぅぅぅときつく締まるのが、自分でも分かった。

切ないほど絞られる感覚に、柴田が息を詰める。

「あ…あ…っ、……ぁー…っ」

「……雅春…っ」

全身がぶるぶると震え出す。

雅春が何度目になるのか分からない薄い体液をとろりと溢れさせたとき、身体の一番奥深いところで、柴田もまた熱い滴《したた》りを吐き出していた。


「雅春さん？　まだ寝ないでくださいね」

「……ん…」

「ほら、ちゃんと水分もとらないと……」

言われるがまま、差し出されたコップに口を付ける。

指先が今もじんじんと甘く痺れていて、まるで力が入らない雅春のために、柴田はそのコップを口元まで運んでくれた。

「……ん…もう、いい。ありがとう…」

少し唇から零れた分は、タオルで拭うことまでしてくれる。

ベッドでの甘い時間が終わってからというもの、柴田は実にかいがいしく雅春の世話を焼いてくれていた。ぐったりと力の抜けた身体を風呂へと抱き上げて運び、一緒に湯船に浸かって身体を洗ってくれたのも柴田だったし、風呂上がりに髪から爪先まで丁寧に全身を拭いてくれたのも、柴田だ。

至れり尽くせりすぎるこの状況にさすがに雅春が少し困惑しても、『恋人ですから、世話を焼くのは当然ですよ？』と言われると、『……そうなのかな？』という気がしてきてしまう。どちらにせよ今の雅春では力が入らず、ベッドに座っているだけでもしんどいのだ。申し訳ないけれど、今ばかりは柴田の好意に、どっぷりと甘えさせてもらうことにした。

（……変な感じ）

これまで父や弟たちを含め、家族の世話を焼くのは雅春の役目だった。いつも周囲に気を配り、家族がなにをして欲しいのか先回りして考えることが、雅春の生き甲斐《がい》でもあった。

それが……こんな風に自分が甘やかされる立場になるだなんて。しかもそれがまるで不快じゃなかった。柴田が嬉々として色々とやってくれるのが、嬉しいとすら感じている。今までの自分にはなかったことだ。

さすがに風呂場の明るい電灯の下で、身体の内側を掻き出すようにして洗われてしまったときだけは、恥ずかしさにまた少しだけ泣いてしまったけれど。

「……」

思い出すとまた、頬が熱くなってくる。

「そうだ、雅春さん」

「……ん……?」

「そろそろ、この寮出ませんか?」

「……え……?」

「前にも約束したでしょう? 弟さんたちやお父さんにちゃんと挨拶しに行くって。そうしたらもう公然なわけですし。……この狭いシングルベットに、二人で寝るのは限界ありますよ」

たしかに……柴田の大きな身体では、狭い寮ベッドに二人で眠るのには無理がある。

かといって、セックスのあと満足なピロートークもなく、眠るときはお互い別々の部屋で……というのは、柴田としては納得がいかないらしい。

それに前からちらちらとそんな話は、されていたのだ。

寮を出て、どこか二人でマンションでも借りませんかと。

「でも……それだと、貴文が……」

「俺がなんですか?」

「前に……この寮に入りたくて、わざわざ人に頼んだって言ってたよね? 本社にも近くて通いやすいからって…」

雅春だって、できるのなら柴田とは昼も夜も一緒にいたい。こうして身体を重ねた今では、ますますその想いは強くなるばかりだ。

だがせっかく柴田がそこまで気に入っているというこの寮から、わざわざ引っ越しさせるのも悪いなとも思っていて、なかなか頷けずにいたのだが。

「え……もしかして、そのことを気にしてくれてたんですか？」

だが柴田にとっては思いもかけない返事だったらしく、驚いたように目を見開いた。

「だってここ、気に入ってるんだよね？」

「いや……まぁ、気に入ってるといえば気に入ってますけど……」

「なら無理して引っ越さなくても……」

「いえ。先輩が一緒の部屋に住んでくれたなら、きっとお気に入りの場所も変わりますけど？」

それって、どういう意味だろうか。

首を傾げる雅春を柴田はぎゅっと抱き締めると、雅春の身体を膝に乗せ『ほんと、可愛い人ですよね』と嬉しそうに囁いた。それにカッと耳が熱くなる。

「それにせっかくプロポーズもしたのに、別々の部屋で眠るとか寂しいじゃないですか」

「プ…プロポーズって……」

「あれ？　違いましたか？　そういう意味で、挨拶するって言ってくれたんだと思ってましたけど？」

「……違わない…けど」

俯き加減のまま呟く。すると柴田はにっこり笑って、膝の上の雅春の身体をぎゅっと抱き締めてくれた。

「なら、いいですね？」

「…うん」

頷いた瞬間、柴田はガッツポーズで喜んでくれた。それにまた胸がほかほかと熱くなってくる。

「あ……でも、それだともう聞けなくなるんだね」

「なにがです？」

「……俺ね。昔から柴田が別れ際に言ってくれた『また明日』っていうあの言葉、結構好きだったんだ…」

子供っぽいと思われるかもしれないが、『また明日』とそう言われて別れるたび、明日がいつも待ち遠しくなった。

柴田は雅春のおにぎりが嬉しかったと言っていたけれど、それと同じように『また明日会おう』と約束してくれるその言葉が、雅春にとってはとても嬉しかったのだ。

温かい身体に抱き締められながら、ついうとうとしつつ答えると、柴田は目を細めてたまらない笑顔で笑ってくれた。

「そんなの……一緒に暮らしたって、いくらでも言いますよ？」

「……本当に？」

「ええ。おはようと、おやすみと、また明日をね」

（……それなら、すごく嬉しい）

柴田と再会してからというもの、毎日がものすごくキラキラと輝いていたけれど。この先、さらに嬉しい毎日が待っているのかと思ったら、自然に口元に小さな笑みが零れ落ちた。

「ほんと……昔から、先輩には参りっぱなしです」

どこか遠くから呟く声が聞こえてきたとき、すでに雅春の瞼《まぶた》は重く閉じかけていた。

額にそっとキスをされたような気もするけれど、もはや記憶はあいまいだ。

恋人の腕の中で眠った夜。

雅春はこの古ぼけた寮に入って以来、初めてとても幸福な気持ちで眠りについた。

あとがき

こんにちは。可南です。

北上家シリーズ最終巻・長男編をようやくお届けできそうでほっとしています。

最後の最後までスケジュールがずれこんでしまいましたこの作品（すみません……）、本当に無事終わるのだろうか……という不安を抱えつつも、ここまでなんとか辿り着けたのは、ひとえに読んでくださった読者様と、最後まで諦めずに励ましてくださった担当様のおかげです！

本当にありがとうございました！

またシリーズの三冊全てに、可愛らしくも色っぽいイラストをつけてくださいました花小蒔先生。本当にありがとうございました。感謝の気持ちでいっぱいです。

同時にご迷惑もおかけしまして申し訳ありませんでした……。いただきましたたくさんのラフ画は、目の保養として大事にさせていただきます！

思えばこの古い作品を、『是非、出し直しましょう』と言ってくださった担当様の一言が全ての始まりでした。途中、何度『なかったことになりませんかね…』と遠い目をしたかわかりません……（すみません）。

それでもこの三兄弟シリーズを、少しでも楽しんでくださった方がいらっしゃいましたなら、苦労も報われそうです。基本ラブコメ風味のため、気楽なテイストで読んでいただければ幸いです。

またどのカップルから読んでも、お話は一話完結ですので大丈夫だと思います。

特に今回の長男編は同人誌では出せなかったので、昔からお待ちくださっていた方にはようやくお届けできて嬉しいです。本当に長らくお待たせいたしました。

三兄弟の一番年上のはずの兄ちゃんが、実は一番の清らかさんで、一番の奥手でしたよ……というお話になりました。

そして三兄弟もれなく全員ブラコンですので、攻三人組はきっと今後も色々と苦労することになるかと思います。が、それもまた幸せな苦労ということで。

最後にページが余ったら三兄弟カップル勢揃いのショートとかを入れてみたかったのですが……、時間とページが足りずに入りませんでした。残念。

三兄弟揃ってホモのため『いつか絶えますよね、この家族』とよく突っ込まれます。そうですね（笑）。それでもきっと子供たちがそれぞれに幸せならば、父も喜んでくれるでしょう。

結局、父は名前だけで一度も登場しませんでしたが（笑）息子たちを嫁に出すときは大泣きしていそうです。

懐かしさと苦労が色々と入り交じったこの作品を、最後までやらせていただきまして本当にありがとうございました。

また次からは新作を頑張ろうと思っていますので、どこかで見かけましたらよろしくお願いいたします。
ではでは。花粉の季節が早く終ることを祈って。

2016年　春　可南さらさ

✦初出　恋なんてしたくない……………書き下ろし
純情と恋情……………………………書き下ろし

可南さらさ先生、花小蒔朔衣先生へのお便り、本作品に関するご意見、ご感想などは
〒151-0051 東京都渋谷区千駄ヶ谷 4-9-7
幻冬舎コミックス　ルチル文庫「北上家の恋愛指南　長男編」係まで。

幻冬舎ルチル文庫
北上家の恋愛指南　長男編

2016年3月20日　第1刷発行

✦著者	可南さらさ　かなん さらさ
✦発行人	石原正康
✦発行元	株式会社 幻冬舎コミックス 〒151-0051 東京都渋谷区千駄ヶ谷 4-9-7 電話 03(5411)6431[編集]
✦発売元	株式会社 幻冬舎 〒151-0051 東京都渋谷区千駄ヶ谷 4-9-7 電話 03(5411)6222[営業] 振替 00120-8-767643
✦印刷・製本所	中央精版印刷株式会社

ISBN978-4-344-83660-0　C0193　Printed in Japan